8 $\frac{00}{}$

MI ABUELA FUMABA PUROS
MY GRANDMA SMOKED CIGARS

MI ABUELA FUMABA PUROS
MY GRANDMA SMOKED CIGARS

Y OTROS CUENTOS DE TIERRA AMARILLA
AND OTHER STORIES OF TIERRA AMARILLA

SABINE R. ULIBARRI

A QUINTO SOL BOOK
1977

QUINTO SOL PUBLICATIONS, INC.
P.O. Box 9275
Berkeley, California 94709

First Printing: August 1977

COPYRIGHT © 1977
by SABINE R. ULIBARRI

Library of Congress
Catalogue Card Number   77-85179

ISBN   0-88412-105-4

INTRODUCTION: RUDOLFO A. ANAYA

ILLUSTRATIONS: DENNIS MARTINEZ

COVER PAINTING: BENITO SANCHEZ

INTRODUCTION

Those of us who enjoyed the stories in *Tierra Amarilla* have eagerly awaited this new collection by Sabine Ulibarrí. And the wait was worthwhile, for in many ways *Mi Abuela Fumaba Puros* is a continuation of the former. In this bilingual edition, Ulibarrí once again combines the artistry of our oral tradition (which he knows so well) with his personal approach to the idea of story. The transformation which occurs in *Mi Abuela Fumaba Puros* is strikingly original.

Utilizing the author/child point of view, he reveals the memorable experiences of the child to the reader. The child moves through a childhood filled with baroque characters, while the author casually comments on the rites of passage. The result is an interplay and a tension of time and memory, of child and man.

Ulibarrí is a talented story teller, an expert in a tradition which the people of the Southwest have honed to perfection. In *Mi Abuela Fumaba Puros,* he addresses his readers as intimate friends, and invites us to travel with him to the world of Río Arriba, wherein he sketches his characters and the landscape with clear and precise images. He skillfully manipulates time, moving back and forth from the world of the narrator to the world of child, drawing us deeper into that time and universe which he recreates.

Life in rural, mountainous New Mexico is revealed in *Mi Abuela Fumaba Puros.* We rediscover the strong sense of daily life and tradition of the hardy pioneers of the land of Tierra Amarilla; we share their joys and tragedies and beliefs. Those who are sensitive to the culture of the Native American and Hispanic Southwest will experience a mild shock of recognition in the stories of doña Matilde, the horseback ride with death, and the story of El Sanador.

These are stories we have heard before in one form or another, stories which provide intimations of a collective identity. In *My Grandma Smoked Cigars* the personal perspective of the

author blends with the elements from that vast storehouse of our culture to produce the story.

Ulibarrí lays bare the emotions of the people, and yet, throughout there is a persistent vein of humor. *La gente* had an immense and ingenious repertoire of humorous stories to while away long winter evenings, and that sense of humor is reflected here. Some are ribald, paralleling the best of this form in world literature. Others are about playful jokes, given a New Mexico context. But throughout, there is the strength of love and sharing which characterizes the people of Ulibarrí's New Mexico.

His earlier book has already become a classic in its own right. Now, with its skillful characterization and artistry of story telling, *Mi Abuela Fumaba Puros — My Grandma Smoked Cigars* should join it as an equal partner.

Rudolfo A. Anaya
Albuquerque, New Mexico

June 1977

MI ABUELA FUMABA PUROS

Según entiendo, mi abuelo era un tipazo. Se cuentan muchas cosas de él. Algunas respetables, otras no tanto. Una de las últimas va como sigue. Que volviendo de Tierra Amarilla a Las Nutrias, después de copas y cartas, ya en su coche ligero con sus caballos bien trotadores, ya en su caballo criollo, solía quitarse el sombrero, colgarlo en un poste, sacar la pistola y dirigirse al tieso caballero de su invención.

—Dime, ¿Quién es el más rico de todas estas tierras?

Silencio.

—Pues toma.

Disparo. Saltaban astillas del poste o aparecía un agujero en el sombrero.

—¿Quién es el más hombre de por acá?

Silencio.

—Pues, toma.

Otra vez lo mismo. Era buen tirador. Más preguntas de la misma índole, acentuadas con balazos. Cuando el majadero madero entraba en razón y le daba las contestaciones que mi abuelo quería oír, terminaba el ritual y seguía su camino, can-

MY GRANDMA SMOKED CIGARS

The way I've heard it, my grandfather was quite a guy. There are many stories about him. Some respectable, others not quite. One of the latter goes as follows. That returning from Tierra Amarilla to Las Nutrias, after cups and cards, sometimes on his buggy with its spirited trotters, sometimes on his *criollo* horse, he would take off his hat, hang it on a fence post, pull out his six-gun and address himself to the stiff gentleman of his own invention.

"Tell me, who is the richest man in all these parts?"

Silence.

"Well then, take this."

A shot. Splinters flew out of the post or a hole appeared in the hat.

"Who's the toughest man around here?"

Silence.

"Well then, take this."

The same thing happened. He was a good shot. More questions of the same kind, punctuated with shots. When the sassy post learned his lesson and gave my grandfather the answers he wanted to hear, the ritual ended, and he went on his way, sing-

tando o tarareando una canción sentimental de la época. Allá en el pueblo se oía el tiroteo sin que nadie se preocupara. No faltaba quien dijera con una sonrisa, "Allá está don Prudencio haciendo sus cosas."

Claro que mi abuelo tenía otros lados (el plural es intencionado) que no interesan en este relato. Fue ente cívico, social, y político, y padre de familias (el plural tiene segunda intención). Lo que ahora me importa es hacer constar que mi pariente fue un tipazo: pendenciero, atrevido y travieso.

Murió de una manera misteriosa, o quizás vergonzosa. Nunca he podido sacar en limpio qué tranvía tomó para el otro mundo mi distinguido antecedente. Acaso ese caballero de palo con el sombrero calado, de las afrentas del hidalgo de Las Nutrias, le dió un palo mortal. Hidalgo era—y padre de más de cuatro.

Yo no lo conocí. Cuando me presenté en ese mundo con mis credenciales de Turriaga, ya él había entregado los suyos. Me figuro que allá donde esté estará haciéndoles violento y apasionado amor a las mujeres salvadas—o perdidas, según el caso. Esto es si mi abuela no ha logrado encontrarlo por esos mundos del trasmundo.

No creo que él y mi abuela tuvieran un matrimonio idílico en el sentido de las novelas sentimentales donde todo es dulzura, suavidad y ternura. Esos son lujos, acaso decadencias, que no pertenecían a ese mundo violento, frecuentemente hostil, del condado de Río Arriba a fines del siglo pasado. Además las recias personalidades de ambos lo habrían impedido. Sí creo que fueron muy felices. Su amor fue una pasión que no tuvo tiempo de convertirse en costumbre o en simple amistad. Se amaron con mutuo respeto y miedo, entre admiración y rabias, entre ternura y bravura. Ambos eran hijos de su tierra y su tiempo. Había tanto que hacer. Labrar una vida de una frontera inhospitalaria. Criar unos cachorros rebeldes y feroces. Su vida fue una cariñosa y apasionada guerra sentimental.

Todo esto lo digo como preámbulo para entrar en materia: mi abuela. Son tantos y tan gratos los recuerdos que guardo de

ing or humming some sentimental song of the period. The shooting was heard back in the town without it bothering anyone. Someone was sure to say with a smile, "There's don Prudencio doing his thing."

Of course my grandfather had other sides (the plural is intended) that are not relevant to this narrative. He was a civic, social and political figure and a family man twice over. What I want to do now is stress the fact that my relative was a real character: quarrelsome, daring and prankish.

He died in a mysterious way, or perhaps even shameful. I've never been able to find out exactly what streetcar my distinguished antecedent took to the other world. Maybe that wooden gentleman with his hat pulled over his eyes, the one who suffered the insults of the hidalgo of Las Nutrias, gave him a woody and mortal whack. An hidalgo he was—and a father of more than four.

I never knew him. When I showed up in this world to present my Turriaga credentials, he had already turned his in. I imagine that wherever he is he's making violent and passionate love to the ladies who went to heaven—or hell, depending . . . That is if my grandmother hasn't caught up with him in those worlds beyond the grave.

I don't think he and my grandmother had an idyllic marriage in the manner of sentimental novels where everything is sweetness, softness and tenderness. Those are luxuries, perhaps decadences, that didn't belong in that violent world, frequently hostile, of Río Arriba County at the end of the past century. Furthermore, the strong personalities of both would have prevented it. I do believe they were very happy. Their love was a passion that didn't have time to become a habit or just friendship. They loved each other with mutual respect and fear, something between admiration and fury, something between tenderness and toughness. Both were children of their land and their times. There was so much to do. Carve a life from an unfriendly frontier. Raise their rebellious and ferocious cubs. Their life was an affectionate and passionate sentimental war.

ella. Pero el primero de todos es un retrato que tengo colgado en sitio de honor en la sala principal de mi memoria.

Tenía sus momentos en que acariciaba su soledad. Se apartaba de todos y todos sabían que valía más apartarse de ella.

Siempre la ví vestida de negro. Blusa de encajes y holanes en el frente. Falda hasta los tobillos. Todo de seda. Delantal de algodón. Zapatos altos. El cabello apartado en el centro y peinado para atrás, liso y apretado, con un chongo (moño) redondo y duro atrás. Nunca la ví con el cabello suelto.

Era fuerte. Fuerte como ella sola. A través de los años en tantas peripecias, grandes y pequeñas tragedias, accidentes y problemas, nunca la ví torcerse o doblarse. Era seria y formal fundamentalmente. De modo que una sonrisa, un complido o una caricia de ella eran monedas de oro que se apreciaban y se guardaban de recuerdo para siempre. Monedas que ella no despilfarraba.

El rancho era negocio grande. La familia era grande y problemática. Ella regía su imperio. con mano firme y segura. Nunca hubo duda adonde iban sus asuntos ni quién llevaba las riendas.

Ese primer recuerdo: el retrato. La veo en este momento en el alto de la loma como si estuviera ante mis ojos. Silueta negra sobre fondo azul. Recta, alta y esbelta. El viento de la loma pegándole la ropa al cuerpo delante, perfilando sus formas, una por una. La falda y el chal aleteando agitados detrás. Los ojos puestos no sé donde. Los pensamientos fijos en no sé qué. Estatua animada. Alma petrificada.

Mi abuelo fumaba puros. El puro era el símbolo y la divisa del señor feudal, del patrón. Cuando alguna vez le regalaba un puro al mayordomo o a alguno de los peones por impulso o como galardón por algo bien hecho, era de ver la transfiguración de los tíos. Chupar ese tabaco era beber de las fuentes de la autoridad. El puro daba categoría.

Dicen que cuando el abuelo murió la abuela encendía puros y los ponía en los ceniceros por toda la casa. El aroma del tabaco llenaba la casa. Esto le daba a la viuda la ilusión de que

I say all of this as a preamble in order to enter into my subject: my grandmother. I have so many and so gratifying memories of her. But the first one of all is a portrait that hangs in a place of honor in the parlor of my memory.

She had her moments in which she caressed her solitude. She would go off by herself, and everyone knew it was best to leave her alone.

She always dressed in black. A blouse of lace and batiste up front. A skirt down to her ankles. All silk. A cotton apron. High shoes. Her hair parted in the middle and combed straight back, smooth and tight, with a round and hard bun in the back. I never saw her with her hair loose.

She was strong. As strong as only she could be. Through the years, in so many situations, small and big tragedies, accidents and problems, I never saw her bend or fold. Fundamentally, she was serious and formal. So a smile, a compliment or a caress from her were coins of gold that were appreciated and saved as souvenirs forever. Coins she never wasted.

The ranch was big business. The family was large and problematic. She ran her empire with a sure and firm hand. Never was there any doubt about where her affairs were going nor who held the reins.

That first memory: the portrait. I can see her at this moment as if she were before my eyes. A black silhouette on a blue background. Straight, tall and slender. The wind of the hill cleaving her clothes to her body up front, outlining her forms, one by one. Her skirt and her shawl flapping in the wind behind her. Her eyes fixed I don't know where. Her thoughts fixed on I don't know what. An animated statue. A petrified soul.

My grandfather smoked cigars. The cigar was the symbol and the badge of the feudal lord, the *patrón*. When on occasion he would give a cigar to the foreman or to one of the hands on impulse or as a reward for a task well done, the transfiguration of those fellows was something to see. To suck on that tobacco was to drink from the fountains of power. The cigar gave you class.

su marido todavía andaba por la casa. Un sentimentalismo y romanticismo difíciles de imaginar antes.

Al pasar el tiempo, y después de tanto encender puros, parece que al fin le entró el gusto. Mi abuela empezó a fumar puros. Al anochecer, todos los días, después de la comida, cuando los quehaceres del día habían terminado, se encerraba en su cuarto, se sentaba en su mecedora y encendía su puro.

Allí pasaba su largo rato. Los demás permanecíamos en la sala haciendo vida de familia como si nada. Nadie se atrevió nunca a interrumpir su arbitraria y sagrada soledad. Nadie nunca hizo alusión a su extraordinaria costumbre.

El puro que antes había sido símbolo de autoridad ahora se había convertido en instrumento afectivo. Estoy convencido que en la soledad y el silencio, con el olor y el sabor del tabaco, allí en el humo, mi abuela establecía alguna mística comunicación con mi abuelo. Creo que allí, a solas, se consiguió el matrimonio idílico, lleno de ternura, suavidad y dulzura, que no fue posible mientras él vivía. Sólo bastaba verle la cara enternecida y transfigurada a la abuela cuando volvía a nosotros de esa extraña comunión, ver el cariño y mimo con que nos trataba a nosotros los niños.

Allí mismo, y en las mismas condiciones, se hicieron las decisiones, se tomaron las determinaciones, que rigieron el negocio, que dirigieron a la familia. Allí, al sol o a la sombra de un viejo amor, ahora un eterno amor, se forjó la fuerza espiritual que mantuvo a mi abuela recta, alta y esbelta, una animada mujer de piedra, frente a los vientos y tormentas de su vida cabal y densa.

Cuando mis padres se casaron construyeron su casa al lado de la vieja casona solariega. Yo crecí en la ventosa loma en el centro del valle de Las Nutrias, con los pinos en todos los horizontes, el arroyo lleno de nutrias, *boquinetes* y truchas, el chamizal lleno de conejos y coyotes, ganado en todas partes, ardillas y tecolotes en las caballerizas.

Crecí al lado y a la distancia de mi abuela, entre tierno amor y reverente temor.

They say that when my grandfather died my grandmother would light cigars and place them on ashtrays all over the house. The aroma of the tobacco filled the house. This gave the widow the illusion that her husband was still around. A sentimentalism and romanticism difficult to imagine before.

As time went on, and after lighting many a cigar, a liking for the cigars seemed to sneak up on her. She began to smoke the cigars. At nightfall, every day, after dinner, when the tasks of the day were done, she would lock herself in her room, sit in her rocker and light her cigar.

She would spend a long time there. The rest of us remained in the living room playing the family role as if nothing were amiss. No one ever dared interrupt her arbitrary and sacred solitude. No one ever mentioned her unusual custom.

The cigar that had once been a symbol of authority had now become an instrument of love. I am convinced that in the solitude and in the silence, with the smell and the taste of the tobacco, there in the smoke, my grandmother established some kind of mystical communication with my grandfather. I think that there, all alone, that idyllic marriage, full of tenderness, softness and sweetness was attained, not possible while he lived. It was enough to see the soft and transfigured face of the grandmother when she returned to us from her strange communion, to see the affection and gentleness with which she treated us kids.

Right there, and in those conditions, the decisions were made, the positions were taken that ran the business, that directed the family. There in the light or in the shade of an old love, now an eternal love, the spiritual strength was forged that kept my grandmother straight, tall and slender, a throbbing woman of stone, facing the winds and storms of her full life.

When my parents married they built their home next to the old family house. I grew up on the windy hill in the center of the valley of Las Nutrias, with pine trees on all the horizons, with the stream full of beaver, trout and suckers, the sagebrush full of rabbits and coyotes, stock everywhere, squirrels and owls in the barns.

Cuando yo tenía ocho años se decidió en la familia que nos mudaríamos a Tierra Amarilla para que yo y mis hermanitos asistiéramos a la escuela. Todavía me arden los surcos que me dejaron las lágrimas en la cara y todavía recuerdo su sabor salado el día que abandonamos a mi abuela recta, alta y esbelta, agitando su pañuelo, con el viento en la frente en la loma en el fondo del valle.

En Tierra Amarilla yo fui un antisocial. Habiendo crecido solo, yo no sabía jugar con otros niños. Jugaba con mis perros. A pesar de esto me fue bien en la escuela y un día llegué a los quince años, más o menos adaptado a mis circunstancias.

Un día de invierno nos preparamos todos para ir a Las Nutrias. Todos con mucha ilusión. Ir a visitar a la abuela siempre era un acontecimiento. La familia iría conmigo en el automóvil. Mi padre seguiría con los trineos y los peones. Se trataba de ir a cortar postes.

Todo el camino cantamos. Es decir, hasta que llegamos a donde se aparta el camino. Había mucha nieve. La carretera estaba barrida pero el caminito a Las Nutrias no.

Le puse cadenas al coche y nos lanzamos a ese mar blanco. Ahora callados y aprehensivos. Pronto nos atascamos. Después de mucha pala y mucho empujar seguimos, sólo para volvernos a atascar más allá, una y otra vez.

Estábamos todos vencidos y congelados y el día se nos iba. Por fin subimos la ladera y salimos del pinar de donde se divisaba la casa de mi abuela. Nos volvimos a atascar. Esta vez no hubo manera de sacar el coche. Mi madre y los niños siguieron a pie, abriéndose camino por dos pies y medio de nieve blanda. Mi hermano Roberto iba tirando un pequeño trineo con mi hermanita Carmen. Ya estaba oscureciendo. Un viaje de nueve millas nos había tomado casi todo el día.

Pronto vino Juan Maes, el mayordomo, con un tiro de caballos y me llevó arrastrando hasta la casa.

Apenas había entrado y estaba deshelándome, mi madre me había sacado ropa seca para que me pusiera, cuando vimos las luces de un coche en el pinar. Lo vimos acercarse lenta-

I grew up alongside my grandmother and far away from her, between tender love and reverent fear.

When I was eight years old, it was decided in the family that we should move to Tierra Amarilla so that my brothers and I could attend school. The furrows the tears left on my face still burn, and I still remember their salty taste the day we left my straight, tall and slender grandmother, waving her handkerchief, with the wind on her face on the hill in the center of the valley.

In Tierra Amarilla I was antisocial. Having grown up alone, I didn't know how to play with other children. I played with my dogs instead. In spite of this I did all right in school, and one day I was fifteen years old, more or less adapted to my circumstances.

One winter day we got ready to go to Las Nutrias. All with a great deal of anticipation. To visit my grandmother was always an event. The family would go with me in the car. My father with the sleigh and the hired hands. It was a matter of cutting fence posts.

We sang all the way. That is until we had to leave the highway. There was a lot of snow. The highway had been cleared, but the little road to Las Nutrias hadn't.

I put chains on the car, and we set out across the white sea. Now we were quiet and apprehensive. We soon got stuck. After a lot of shoveling and much pushing we continued, only to get stuck again farther on, again and again.

We were all exhausted and cold, and the day was drifting away. Finally we climbed the hill and came out of the pine grove from where we could see my grandmother's house. We got stuck again. This time there was no way of pulling the car out. My mother and the children continued on foot, opening their way through two and a half feet of soft snow. My brother Roberto pulled my sister Carmen on a small sled. It was getting dark. A trip of nine miles had taken us all day.

Juan Maes, the foreman quickly came with a team of horses and pulled me home.

I had barely come in and was warning up. My mother had

mente, vacilando a ratos. Era más fácil ahora, ya el camino estaba abierto.

Era mi tío Juan Antonio. Al momento que entró todos supimos que traía muy malas noticias. Hubo un silencio espantoso. Nadie dijo nada. Todos mudos y tiesos como muñecos de madera en una escena grotesca.

Mi madre rompió el silencio con un desgarrador " ¡Alejandro!"

Mi tío asintió con la cabeza.

—¿Qué pasó?— Era mi abuela.

—Alejandro. Un accidente.

—¿Qué pasó?

—Un disparo accidental. Estaba limpiando el rifle. Se le fue un tiro.

—¿Cómo está?

—Está mal, pero saldrá bien.

Todos supimos que mentía, que mi padre estaba muerto. En la cara se le veía. Mi madre lloraba desaforadamente, en punto de ponerse histérica. Nosotros la abrazábamos, todos llorando. Mi tío con el sombrero en la mano sin saber qué hacer. Había venido otro hombre con él. Nadie le había hecho caso.

Entonces entró mi abuela en acción. Ni una sola lágrima. La voz firme. Los ojos espadas que echaban rayos. Tomó control total de la situación.

Entró en una santa ira contra mi padre. Le llamó ingrato, sinvergüenza, indino (indigno), mal agradecido. Un torrente inacabable de insultos. Una furia soberbia. Entretanto tomó a mi madre en sus brazos y la mecía y la acariciaba como a un bebé. Mi madre se entregó y poco a poco se fue apaciguando. También nosotros. La abuela que siempre habló poco, esa noche no dejó de hablar.

Yo no comprendí entonces. Sentí un fuerte resentimiento. Quise defender a mi padre. No lo hice porque a mi abuela no la contradecía nadie. Mucho menos yo. Es que ella comprendió muchas cosas.

La situación de mi madre rayaba en la locura. Había que

brought me dry clothes, when we saw the lights of a car in the pine grove. We saw it approach slowly, hesitating from time to time. It was easier now; the road was now open.

It was my uncle Juan Antonio. The moment he came in we all knew he had bad news. There was a frightening silence. No one said a word. Everyone silent and stiff like wooden figures in a grotesque scene.

My mother broke the silence with a heart breaking "Alejandro!"

My uncle nodded.

"What happened?" It was my grandmother.

"Alejandro. An accident."

"What happened?"

"An accidental shot. He was cleaning a rifle. The gun went off."

"How is he?"

"Not good, but he'll pull through."

We all knew he was lying, that my father was dead. We could see it in his face. My mother was crying desperately, on the verge of becoming hysterical. We put our arms around her, crying. My uncle with his hat in his hands not knowing what to do. Another man had come with him. No one had noticed him.

That is when my grandmother went into action. Not a single tear. Her voice steady. Her eyes two flashing spears. She took complete control of the situation.

She went into a holy fury against my father. She called him ungrateful, shameless, unworthy. An inexhaustible torrent of insults. A royal rage. In the meantime she took my mother in her arms and rocked her and caressed her like a baby. My mother submitted and settled down slowly. We did too. My grandmother who always spoke so little did not stop talking that night.

I didn't understand then. I felt a violent resentment. I wanted to defend my father. I didn't because no one ever dared to talk back to my grandmother. Much less me. The truth is that she understood many things.

hacer algo. La abuela creó una situación dramática tan violenta que nos obligó a todos, a mi madre especialmente, a fijarnos en ella y distraernos de la otra situación hasta poder acostumbrarnos poco a poco a la tragedia. No dejó de hablar para no dejar un solo intersticio por donde podría meterse la desesperación. Hablando, hablando, entre arrullos e injurias consiguió que mi madre, en su estado vulnerable, se quedara dormida a las altas horas de la madrugada. Como tantas veces, la abuela había dominado la realidad difícil en que vivió.

Comprendió otra cosa. Que a mi padre no se le iban disparos accidentales. Las dificultades para enterrarlo en sagrado confirmaron el instinto infalible de la dama y dueña de Las Nutrias. Todo afirmó el talento y vivencias de la madre del Clan Turriaga.

Pasaron algunos años. Ya yo era profesor. Un día volvímos a visitar a la abuela. Veníamos muy contentos. Ya lo he dicho, visitarla era un acontecimiento. Las cosas habían cambiado mucho. Con la muerte de mi padre la abuela se deshizo de todo el ganado. Con el ganado se fueron los peones. Sólo la acompañaban y la cuidaban Rubel y su familia.

Cuando nos apartamos de la carretera y tomamos el poco usado y muy ultrajado camino lleno de las acostumbradas zanjas la antigua ilusión nos embargaba. De pronto vimos una columna de humo negro que se alzaba más allá de la loma. Mi hermana gritó:

—¡La casa de mi granma!

—No seas tonta. Estarán quemando hierbas, o chamizas o basura.

Eso dije pero me quedó el recelo. Pisé el acelerador fuerte.

Cuando salimos del pinar vimos que sólo quedaban los escombros de la casa de la abuela. Llegué a matacaballo. La encontramos rodeada de las pocas cosas que se pudieron salvar. Rodeada también de todos los vecinos de los ranchos de toda la región que acudieron cuando vieron el humo.

No sé qué esperaba, pero no me sorprendió hallarla dirigiendo todas las actividades, dando órdenes. Nada de lágrimas, nada de quejumbres, nada le lamentos.

My mother was on the verge of madness. Something had to be done.

My grandmother created a situation, so violent and dramatic, that it forced us all, my mother especially, to fix our attention on her and shift it away from the other situation until we could get used to the tragedy little by little. She didn't stop talking in order not to allow a single aperture through which despair might slip in. Talking, talking, between abuse and lullaby, she managed that my mother, in her vulnerable state, fall asleep in the wee hours of the morning. As she had done so many times in the past, my grandmother had dominated the harsh reality in which she lived.

She understood something else. That my father didn't fire a rifle accidentally. The trouble we had to bury him on sacred ground confirmed the infallible instinct of the lady and mistress of Las Nutrias. Everything confirmed the talent and substance of the mother of the Turriaga clan.

The years went by. I was now a professor. One day we returned to visit the grandmother. We were very happy. I've said it before, visiting her was an event. Things had changed a great deal. With the death of my father, my grandmother got rid of all the stock. The ranch hands disappeared with the stock. Rubel and his family were the only ones who remained to look after her.

When we left the highway and took the little used and much abused road full of the accustomed ruts, the old memories took possession of us. Suddenly we saw a column of black smoke rising beyond the hill. My sister shouted.

"Grandma's house!"

"Don't be silly. They must be burning weeds, or sage brush, or trash." I said this but apprehension gripped me. I stepped hard on the gas.

When we came out of the pine grove, we saw that only ruins remained of the house of the grandmother. I drove like a madman. We found her surrounded by the few things that were saved. Surrounded also by the neighbors of all the ranches in the region who rushed to help when they saw the smoke.

—Dios da y Dios quita, mi hijito. Bendito sea su dulce nombre.

Yo sí me lamenté. Las arañas de cristal, deshechas. Los magníficos juegos de mesas y aguamaniles con sobres de mármol, los platones y jarrones que había en cada dormitorio, destruídos. Los muebles, traídos desde Kansas, hechos carbón. Las colchas de encaje, de crochet, bordadas. Los retratos, las fotos, los recuerdos de la familia.

Ironía de ironías. Había un frasco de agua bendita en la ventana del desván. Los rayos del sol, penetrando a través del agua, lo convirtieron en una lupa, se concentró el calor y el fuego en un solo punto e incendiaron los papeles viejos que había allí. Y se quemaron todos los santos, las reliquias y relicarios, el altar al Santo Niño de Atocha, las ramas del Domingo de Ramos. Toda la protección celestial se quemó.

Esa noche nos recogimos en la casa que antes había sido nuestra. Me pareció mi abuela más pequeña, un poco apagada, hasta un poco dócil, "Lo que tú quieras, mi hijito." Esto me entristeció.

Después de la cena mi abuela desapareció. La busqué aprehensivo. La encontré donde bien me habría sospechado. En la punta de la loma. Perfilada por la luna. El viento en la frente. La falda agitándose en el viento. La ví crecer. Y fue como antes era: recta, alta y esbelta.

Ví encenderse la brasa de su puro. Estaba con mi abuelo, el travieso, atrevido y pendenciero. Allí se harían las decisiones, se tomarían las determinaciones. Estaba recobrando sus fuerzas espirituales. Mañana sería otro día pero mi abuela seguiría siendo la misma. Y me alegré.

I don't know what I expected but it did not surprise me to find her directing all the activities, giving orders. No tears, no whimpers, no laments.

"God gives and God takes away, my son. Blessed be His Holy Name."

I did lament. The crystal chandeliers, wrecked. The magnificent sets of tables and washstands with marble tops. The big basins and water jars in every bedroom, destroyed. The furniture brought from Kansas, turned to ashes. The bedspreads of lace, crochet, embroidery. The portraits, the pictures, the memories of a family.

Irony of ironies. There was a jar of holy water on the window sill in the attic. The rays of the sun, shining through the water, converted into a magnifying glass. The heat and the fire concentrated on a single spot and set on fire some old papers there. And all of the saints, the relics, the shrines, the altar to the Santo Niño de Atocha, the palms of Palm Sunday, all burned up. All of the celestial security went up in smoke.

That night we gathered in what had been our old home. My grandmother seemed smaller to me, a little subdued, even a little docile: "Whatever you say, my son." This saddened me.

After supper my grandmother disappeared. I looked for her apprehensively. I found her where I could very well have suspected. At the top of the hill. Profiled by the moon. The wind in her face. Her skirt flapping in the wind. I saw her grow. And she was what she had always been: straight, tall and slender.

I saw the ash of her cigar light up. She was with my grandfather, the wicked one, the bold one, the quarrelsome one. Now the decisions would be made, the positions would be taken. She was regaining her spiritual strength. Tomorrow would be another day, but my grandmother would continue being the same one. And I was happy.

¿BRUJERIAS O TONTERIAS?

Era tierra de brujas. Era tiempo de brujas. Uno de los dos. No sé cuál.

Brujas, aparecidos, demonios y duendes poblaban los campos, recorrían las calles y habitaban las casas. No había quien no tuviera experiencia directa o indirecta con esta gente de ultramundo. Gente difícil de identificar porque a veces tomaban forma de animal: de perro, de gato, de marrano, de tecolote.

Claro que había algunas brujas reconocidas. La Matilde de Ensenada, por ejemplo. Todo el mundo sabía que era bruja. Y tenía sus clientes. Nadie como ella para el mal de ojo. Tenía polvitos, hierbas ungüentos, huesos, alacranes y ranas secas, amuletos de todas clases para todos los males y todos los bienes. A ella iban las solteronas que andaban buscando marido, los pobres que no tenían plata para el médico, los enfermos que no tenían remedio. Ella les atendía con sus medicamentos extraordinarios, con oraciones y cantos muy raros, con humos y tufos. Para tener la fama que tenía debió tener mucho éxito. La mayor parte de la gente no se le acercaba.

Una vez la alcancé en el camino. Desde que la alcancé a ver

WITCHERIES OR TOMFOOLERIES?

It was a land of witches. It was a time of witches. I don't know which.

Witches, ghosts, evil spirits and elves colonized the countryside, ran up and down the streets and inhabited the homesites. There wasn't anyone who didn't have direct or indirect experience with these people beyond the pale. Difficult people to identify because they often took the form of an animal: a dog, a cat, a pig, an owl.

Naturally, there were some witches we knew. Matilde from Ensenada, for example. Everybody knew she was a witch. And she had her clientele. No one like her for the evil eye. She had powders, herbs, ointments, bones, scorpions, toads, amulets of all kinds for every illness and every goodness. It was to her that the old maids looking for a husband went, the poor who couldn't afford a doctor, the sick without a cure. She attended them with her extraordinary medications. She must have been very successful in order to gain the popularity she had. Most of the people stayed away from her.

I caught up with her on the road one day. From the moment I saw her I felt like turning back or circling around her

quise volverme o desviarme largo para evitarla. Pero como soy muy hombre, y siempre he sido, me aguanté y la alcancé.

Era muy gorda, y por detrás, debajo del voluminoso reboso lleno de misteriosos envoltorios, y su larga falda negra, parecía una amorfa pirámide. Su andar daba risa. Porque no era andar, era un mecer. Se mecía de un lado al otro, de un pie al otro. Y así progresaba para adelante. Quién sabe cómo.

Le rogué a Dios que la bruja no me identificara como uno de los muchachos que le gritábamos desde lejos: " ¡Bruja! ¡Puta! ¡Cabrona!" Mi cortesía, mi machismo hablaron por mí, que no fui yo. La invité a subir, no por valiente, sino por otra razón.

—Buenos días, doña Matilde, súbase.

—Buenos días te dé Dios hijito. Muchas gracias. Este demontre calor. Ya no puedo. Que Dios te bendiga.

Empezó a pasarme bultos, sacos, cajas, chucherías y porquerías. No tenía fin aquello. Su diantre vientre era el cuerno de la abundancia que desembuchaba inmundicia sin cesar. Me sudó el copete subirla al alto carro de caballos. Bolas, y rollos, y olas de carne podrida que se desplazaban, se desviaban y se desplomaban de la manera más vertiginosa en todas las direcciones. Entre ascos y bascas logré colocar a la tarasca a mi lado.

Yo me escurrí hasta el último extremo del asiento. En efecto, una nalga me colgaba más allá de la tabla, en vano, y al aire entregada. Olía mal. Arriba y abajo y entremedio. Cuando me tocaba su ropa se me ponía carne de gallina y me corrían escalofríos desde abajo hasta arriba. Yo iba más tieso y más blanco que un hueso del campo.

—¿Cómo está tu amá? Esa es la más buena y la más bonita de Tierra Amarilla (Mi mamá ni la conocía.) ¿Y tu apá? Ese es un fregao. Asina me gustan los hombres, con ellos bien plantaos. Si tú llegas a ser una bolsa rota de lo que es tu apá serás un pinche de veras. (Creo que en su vocabulario "pinche" quería decir algo como "algo.")

Así siguió y nunca acabó. Un monólogo exterior de nunca acabar. Todo entre ajo y carajo. Era mal hablada la vieja. Todo lo de ella era malo. No lo repito por pudor. Yo no dije nada porque no quise y no pude.

to avoid her. But since I am quite a man, and always have been, I swallowed hard and went on to pick her up.

She was very fat, and from behind, beneath the voluminous shawl she wore, full of mysterious bundles, and her long, black skirt, she looked like an amorphous pyramid. Her walk made you laugh. Because it wasn't a walk; it was a rock. She rocked from one side to the other, from one foot to the other. That is how she moved forward. Nobody knew how.

I prayed that the witch wouldn't identify me as one of the boys who shouted to her from a distance: "Witch! Whore! Bitch!"

My courtesy, my manliness, spoke for me. It certainly wasn't me. I offered her a ride, not for valor's sake but for other reasons.

"Good morning, doña Matilde, let me offer you a ride."

"May God give you a good day, my son. Thank you very much. This damn heat. I can't take it any more. May God bless you."

She started to pass on to me bundles, sacks, boxes, baubles and all sort of ratty things. Her darn bosom was the horn of plenty vomiting filth without end. I sweated whey to get her in the wagon. Balls, and rolls, and waves of rotten flesh that shifted, swayed and tumbled in every direction in the giddiest way. Between nauseas and aversions I managed to situate the monster by my side.

I slid as far as I could to the opposite end of the seat. In fact, one of my buttocks was hanging over the side, hanging in the air, in awe and in vain. She smelled bad. From top to bottom and in between. Everytime her clothes touched me I got goose pimples and chills up and down my body. I was tighter and whiter than a bone in the desert.

"How is your mama? That one is the goodest and the best-est in Tierra Amarilla (my mother didn't even know her). And your papa? That one is a sanavagan. That's the way I like men, with them well-placed and well-hung. If you ever get to be half as much a man as your papa is, you'll be a real "pinche." (I think that in her vocabulary "pinche" meant something like "a somebody.")

Así llegamos al pueblo. De las ventanas y resolanas todo el mundo nos vió. Llegó el duelo de poner a la vieja en el suelo. Pujidos, gruñidos, malas palabras. Me sospecho que alguien se murió de la risa, aunque no lo anunciaron en la misa. Corrió la voz por el pueblo (Esas cosas son importantes por allí.), de que yo era un valiente. Con las muchachas esto no me hizo daño. A mí me sudaban las palmas de las manos, las axilas, y sentía el sudor frío que me corría por los dos lados, y creo que me sudaban hasta los pies. Claro, yo no le dije nada a nadie. Cuando uno tiene talento sabe aprovechar.

Este fue uno de mis contactos directos con la brujería. Hay más. Una vez volvía yo de la sierra con una ristra de mulas de diestro. Había ido a llevarle víveres a los pastores, sal para el ganado, y necesidades generales. Se me hizo noche. Los animales tenían que tantear y probar el piso porque la vereda era fragosa, empinada y peligrosa.

Era una de esas noches tumultuosas y violentas, misteriosa y compleja. Llevabas las nubes plantadas en la mollera. Eras el blanco de mil relámpagos que se te disparaban de todos los rumbos. Relámpagos que se encendían y se quedaban lentos lamiéndote el vello de la cara, el vello de las piernas, a través de los pantalones. La iluminación quedaba larga cuando el relámpago había desaparecido. Truenos. Truenos que explotaban y rodaban por encima y por debajo de las nubes y se quedaban temblando y espirando en el suelo que ibas pisando.

Dicen que los animales pueden ver al diablo ó sentir su presencia cuando nosotros no podemos.

Mi caballo se estremecía de pies a cabeza. Bufaba. Se torcía. Se retorcía. Yo, queriendo calmarlo, lo alisaba. De mi mano se desprendía una viva llama de luz. Yo sentía vivos piquetes eléctricos por todo el cuerpo. Mis dos perros, valientes antes, ahora cobardes, se acurrucaban, se escondían, debajo del caballo. Gemían. Arrebatos repentinos. Ladridos abruptos y asustados. Las mulas, ensartadas en cadena, detrás de mí, y perdidas en la negrura, se espantaban. Se tiranteaba el cabestro. Me daban una sacudida, y un susto a cada momento. Según la tradi-

She kept on in the same vein, and she never stopped. A monologue without end. Everything between son and bitch. The old hag had a poisoned tongue. Everything about her was bad. For modesty's sake I don't repeat it. I didn't say a word—because I didn't want to, and because I couldn't.

In this way we drove into town. Everyone saw us from the windows and the porches. Then came the grief of unloading her. Moans, groans and grunts, and bad words. I suspect that somebody died of laughter, even though it wasn't announced in mass. The word got around (those things are important out there) that I had guts. This didn't do my chances with the girls any harm. The palms of my hands were sweating, and so were my armpits; I could feel the cold sweat running down my sides. I think even my feet were sweating. Naturally, I kept all of this to myself. When one has talent, one knows when to take advantage of a situation.

This was one of my direct contacts with witchery. There are more. One day I was returning from the mountains, leading a string of mules. I had delivered groceries, block salt for the stock and other necessities to the sheep camps. It got dark on me. The animals had to feel their way because the path was craggy, steep and dangerous.

It was one of those tumultuous and violent nights, mysterious and complex. You carried the clouds on the top of your head. You were the target of a thousand bolts of lightning, fired at you from every direction. Lightning that caught fire and remained floating in the air, licking the fuzz on your face and the hair on your legs, right through your trousers. The illumination hovered long after the lightning had disappeared. Thunder. Thunder that exploded and rolled over and under the clouds and remained trembling as it died on the ground beneath your feet.

They say animals can see the devil, or feel his presence, when we cannot.

My horse was trembling from head to foot. He snorted. He squirmed. And squirmed again. Wanting to soothe him I stroked

ción, el diablo se paseaba y se divertía conmigo. Los animales lo sabían. Yo no lo descreía.

No pasó nada. Pero hace falta mucho criterio, filosofía y conocimiento para no creer en un trasmundo de figuras y personajes, de fuerzas y autoridades que no son de este mundo. Yo leía libros. Era inteligente. Yo no creía en esas cosas, sin dejar nunca de creer.

Dije que todos, de una manera o de otra, estaban contagiados de la superstición que estaba en el aire, y en la tierra, y en todas las cosas.

Un tío mío, hombre de universidad y de mucho mundo, volvió una noche a la majada del rodeo. Nos contó que una bola de fuego lo persiguió. Que saltaba de cerro en cerro a su redor. Ningún vaquero se rió. Yo me burlé de mi tío en silencio—y no me burlé, también en silencio.

Otro tío, también egresado de universidad, estuvo tullido, primero en la cama y después en una silla de ruedas, por diez y siete años, hasta que murió.

Al parecer, fue a un baile a Canjilón, unas diez millas de Las Nutrias, donde estaba la hacienda de mi abuela. De regreso, a las altas horas de la madrugada, lo cogió una de esas lluvias fabulosas que le quedaron al Diluvio. Llegó más mojado que el agua. El siguiente día no se levantó. El resfrío se hizo pulmonía. La pulmonía se hizo otra cosa. Ahora le llaman poliomielitis. Entonces ni conocíamos el nombre.

Estuvo en hospitales, le hicieron operaciones. El lo mismo. Entonces, los hermanos, investigando, descubrieron que la noche del baile una Guadalupe Ríos le había regalado unos chocolates a mi tío Prudencio. El era alto, rubio y guapo. Tenía los ojos azules. Además era Ulibarrí. No hace falta decir más.

Concluyeron que la Lupe era bruja y que mi tío estaba embrujado. Como es bien sabido, si se atrapa a la bruja a tiempo, se le puede obligar a que cure al embrujado, a pena de muerte. Los hermanos secuestraron a la Lupe. La sacaron al campo. Le pusieron un cabestro en el cuello. La amenazaron con ahorcarla si no confesaba su culpa. Confesó. Pero dijo que ya el tiempo para curarlo había pasado. De todos modos la trajeron a casa.

his neck. A living flame of light would sprout from my hand. I felt sharp electrical stabs over my entire body. My two dogs, so very brave before, were now cowards. They huddled, they crouched, underneath my horse. They whined. Sudden dashes. Abrupt and frightened barking. The mules, strung out in a chain behind me, and lost in the blackness, were scared. The lead rope would tighten. They would shake me up and frighten me over and over again. According to tradition, the devil was riding along with me and amusing himself at my expense. The animals knew it. I did not disbelieve it.

Nothing happened. But a great deal of discernment, philosophy and understanding is required in order not to believe in another world of figures and characters, of forces and authorities that are not of this world.

I read books, I was intelligent. I didn't believe in such things. I didn't believe without ever ceasing to believe.

I said that everyone, in one way or another, was touched by the superstition that was in the air, in the land and in all things.

One of my uncles, a university man who had been around returned to the roundup campfire. He told us how a ball of fire followed him around. That it jumped from hilltop to hilltop all around him. Not a single cowboy laughed. I laughed at my uncle in silence—and I didn't, also in silence.

Another uncle, also a university man, was a cripple, first in bed and later in a wheelchair, for seventeen years, until he died.

It appears that he went to a dance in Canjilón some ten miles from Las Nutrias and the hacienda of my grandmother. On his return in the wee hours of the morning he got caught in one of those fabulous rainstorms left over from the Deluge. He got home wetter than water. Next morning he couldn't get up. His cold became pneumonia. The pneumonia became something else. Now they call it poliomyelitis. In those days we hadn't ever heard the name.

He went to many hospitals. He was operated on many times. Nothing worked. Then my uncles investigated. They discovered that the night of the dance a certain Guadalupe Ríos

Le dió agua a beber a mi tío con la boca e hizo otras tonterías. Sin ningún efecto, como era de esperarse. Se me ocurrió a mí entonces, que en las mismas condiciones, yo habría confesado el asesinato de Lincoln.

Por alguna razón inexplicable descendió sobre la hacienda una verdadera plaga de tecolotes (lechuzas, buhos) que rodeaban la casa, por la noche. Su constante ju-ju tenía a todas las mujeres asustadas. Rosarios, novenas, agua bendita. Ramas del Domingo de Ramos en la chimenea. Yo era un niño pequeñito que observaba todo aquello sin comprenderlo, pero el que lo recuerde ahora, después de tanto tiempo, atestigua a lo impresionante que debió ser aquello.

Como mi tío no mejoraba, todas las noches mi padre, mis tíos, los peones salían a cazar tecolotes. Como todo el mundo sabe los tecolotes son brujos o bichos al servicio del diablo. Primero, era necesario cortarle una cruz a cada bala con la navaja. Segundo, era necesario ponerse la camisa al revés. Luego todos se ponían de rodillas y mi abuela les echaba la bendición. Después salían a la noche.

Nosotros, dentro, oíamos los disparos por todas partes. Las mujeres rezando. Mis hermanitos y yo con los ojos como platos, y el corazón hecho morcilla. Oímos muchos disparos y muchos cuentos, pero nunca vimos un tecolote muerto. Al parecer los tecolotes no mueren cuando deben sino sólo cuando quieren.

Se hablaba y se comentaba por entonces, por todo Nuevo México, del Sanador. Este se suponía hacer curas milagrosas. Aunque nadie allí lo hubiera visto, se decía que se vestía como Cristo, que hablaba como Cristo, que se parecía a Cristo.

Se decidió en la familia ir a buscar al Sanador para mi tío. Salieron los hermanos a buscar al señor de los milagros. Se encontraron con un problema imprevisto. El señor era imposible de alcanzar. Dondequiera que preguntaban por él, "Acababa de salir." Ellos en coche, él a pie (porque no se subía en coche), y no podían dar con él. Era sobrenatural la manera en que el hombre se movilizaba.

Los hermanos se entusiasmaban cada vez más porque ellos

had offered my uncle Prudencio some chocolates. He was tall, blond and handsome. He had blue eyes. Besides, he was an Ulibarrí. Enough said.

The uncles concluded that my uncle was bewitched. As is well known, if the witch is caught in time, she can be forced to cure the sick one, with the threat of death, naturally. My uncles kidnapped Lupe. Took her out into the country. Put a rope around her neck. Threatened to hang her if she didn't confess. She confessed. But she said that it was too late to cure my uncle. They brought her to our house anyway.

She gave my uncle water to drink with her mouth and did other equally nonsensical things. With no effect whatsoever, as was to be expected. It occurred to me then that under the same circumstances I would have confessed to the murder of Lincoln.

For some unexplainable reason a veritable plague of owls descended on the ranch house. They surrounded the house at night. Their constant "who-who" had all the women scared. Rosaries, novenas, Holy water. Palms from Palm Sunday in the fire. I was a child who observed all of this without understanding it, but the fact that I can remember all this, after such a long time, shows how impressive it must have been.

Since my uncle did not improve, every night my father, my uncles and the hired men went out to shoot owls. As everyone knows owls are witches, vile vermin at the service of the devil. First, it was necessary to carve a cross with a knife on each bullet. Second, it was necessary to wear your shirt inside out. Everyone would kneel and my grandmother would give them her blessing. Then they went out into the night.

Inside, we heard shooting all over the place. My little brothers and I with eyes as large as plates and with our hearts turned to pudding. We heard many shots and many stories, but we never saw a dead owl. Evidently owls do not die when they should, but only when they want to.

People were talking all over New Mexico in those days about the Sanador (healer). He was supposed to make miraculous cures. Although nobody there had ever seen him,

mismos estaban viendo los poderes extraordinarios de este hombre. Decían que cuando se le preguntaba de dónde venía, él contestaba, "Del cielo." Para dónde iba, "Para el cielo." Esto, el vestuario, el parecido con Cristo, las curas fabulosas, sus apariciones y desapariciones inauditas habían convertido al hombre en algo sobrehumano, en santo, quizá en Cristo mismo.

Por fin dieron con él en un arroyo seco cerca de Las Vegas, de rodillas, rezando. Se le acercaron con algún recelo, o tal vez reverencia, así de imponente era su mirada, su figura y su fama.

Le explicaron su misión, titubeantes y torpes. Con una bondad y dulzura, que extremeció a los hermanos religiosa o supersticiosamente, el Sanador accedió visitar a mi tío. No quiso que lo llevaran. Les dijo que tal día a tal hora estaría allí.

Al despedirse, el Sanador se acercó a mi padre, le quitó los anteojos y los estrelló en una piedra. Mi padre se quedó mudo y cortado. Todos partieron en silencio. ¿Milagro? Quién sabe. La verdad es que mi padre no volvió a usar anteojos por el resto de su vida.

El día de la llegada del Sanador todo el caserío de la hacienda andaba agitado. Movimiento por todas partes. Preparaciones. Había por todo una atmósfera de altas aspiraciones, de emociones confusas, de religioso o supersticioso sentimiento encendido. Parecía que la soledad y el silencio de la ranchería, el mismo aire que nos rodeaba, se habían humanizado, que eran una extensión de nuestra sensibilidad enardecida. El silencio, la soledad y el aire palpitaban y temblaban junto con nosotros.

La casa de mi abuela estaba situada en un otero en el centro de un amplio valle. Estaba rodeada de huertas, potreros, campos de grano y pasto. Había un arroyo cristalino que corría por un extremo del valle. Había también un estanque al lado de los corrales para darle agua al ganado.

Allá a lo lejos había un pinar, que en gran parte era el fin del mundo nuestro. Del pinar se extendía un estrecho camino, casi siempre polvoriento, a veces nevado, a veces lodoso, según el caso, que llegaba hasta la casa.

Ese pinar y ese camino eran tremendamente significativos

they said that he dressed like Christ, spoke like Christ, and looked like Christ.

It was decided in the family to go find the Sanador for my uncle. So the brothers set out to look for the man of the miracles. They ran into an unexpected problem. The man was impossible to catch. Everywhere they asked about him, "He has just left." They drove and he walked (because he refused to ride), and they couldn't catch up with him. It was supernatural the way the man could mobilize himself.

The brothers became more and more excited because they themselves were witnessing the extraordinary powers of this man. They said that when he was asked where he was from, he would answer, "Heaven." Where he was going, "Heaven." This, the way he dressed, his physical similarity to Christ, the fabulous cures, his unheard of appearances and disappearances had converted the man into something superhuman, into a saint, perhaps into Christ himself.

They finally caught up with him in an arroyo near Las Vegas, on his knees, praying. They approached him with misgivings, perhaps reverence, so imposing was his look, his figure, his fame.

They explained their mission, stuttering, awkward. The Sanador agreed to visit my uncle, with a gentleness and a sweetness that shook up the brothers religiously or superstitiously. He refused to accompany them. He told them that on such a day at such an hour he would be there.

As they said goodbye, the Sanador approached, my father, removed his glasses and smashed them on a rock. My father was left mute and confused. They all left without a word. A miracle. Who knows. The fact is that my father never again wore glasses for the rest of his life.

On the day of the arrival of the Sanador the whole ranch was excited. Movement everywhere. Preparations. There was an atmosphere everywhere of high hopes, confused feelings, religious or superstitious emotions on fire. It seemed that the solitude and the silence of the ranch, the very air that surrounded

para mí. De ese pinar salían todas las cosas buenas: las pocas visitas que animaban nuestra vida tranquila y rompían la eterna rutina, de allí venían los caramelos y las golosinas para halagar el paladar de los niños, de allí surgían cartas, escrituras y el "Denver Post" con sus caricaturas. Lo recuerdo todo ahora con emoción y ternura.

La gente solitaria y aislada vive siempre a la expectativa, busca en todos los horizontes un movimiento cualquiera que anuncie un pequeño fin del fastidio de la costumbre.

Si el pinar había sido siempre la Meca de las miradas nuestras, hoy era una verdadera cinosura, un blanco donde teníamos los ojos clavados desde bien temprano.

Como a las dos de la tarde lo vimos salir del pinar. Alguien gritó, "¡Allá viene!" Todo el mundo salió al portal. Hubo como un murmullo que empezó, onduló y terminó. Quedó un intenso y conciente silencio.

Por el camino solitario venía el Sanador bajando solo. Desde lejos se veía relumbrar su cabello y su barba de oro. Su paso lento. Su cuerpo recto.

Al acercarse vimos que tenía unos ojos de un denso azul y una mirada de metal penetrante. Su expresión, benévola y compasiva. Vestía una túnica que le llegaba a los pies, y sobre ella un como abrigo, azul. Sandalias en los pies. Para mí, y creo que para todos, era Cristo mismo.

Sin preámbulos y antes que dijera nadie nada, preguntó, "¿Dónde está el enfermo?" Su voz era tan dulce y suave y rica como toda su persona. Había una aura de luz, bienestar y confianza que irradiaba de este hombre y convencía y convertía al más incrédulo.

Lo llevaron al cuarto de mi tío Prudencio. Se fue directamente a la cama, le tomó la mano en las dos suyas, y le miró hondo en los ojos. Así permaneció por largo rato sin decir palabra. Luego se retiró al extremo de la habitación, y extendiéndole los dos brazos a mi tío, le dijo, "Levántate y anda." Su voz imperante, una voz de Dios. Mi tío que llevaba años en la cama, casi inutilizado, se sentó en la cama. Puso los pies en el suelo. Se

us, had been humanized. It seemed that they were an extension of our own incensed sensibilities. The silence, the solitude and the air throbbed and trembled along with us.

My grandmother's house was situated on a knoll in the center of a wide valley. It was surrounded by gardens, pastures and fields of grain. There was a sparkling stream that ran along one end of the valley. There was also a pond alongside the corrals to water the stock.

In the distance there was a pine grove, which in a very large measure was the end of the world for us. A narrow road came out of the pine grove, almost always dusty, sometimes covered with snow, sometimes muddy, depending on circumstances, and came as far as the house.

That grove and that road were tremendously significant to me. All good things came from the grove: the few visits that animated our tranquil life and broke the eternal routine, the candy and the goodies to flatter the palate of children, letters, books and the "Denver Post" with its funny papers. I remember it all now with emotion and tenderness.

Lonely and isolated people live in a constant state of expectation. They search every horizon for any movement that will announce a tiny surcease from the weariness of custom.

If the pine grove had always been the Mecca of our looks of longing, today it was truly a cynosure, a target where our eyes were fixed since early morning.

We saw him come out of the pine grove about two o'clock. Someone shouted, "There he comes!" Everyone came out on the porch. There was something like a murmur that started, undulated and terminated. What remained was an intense and conscious silence.

Down the solitary road the Sanador walked alone. From afar we could see his golden hair and beard shine in the afternoon sun. His steps measured. His body erect.

As he approached we could see that his eyes were densely blue and his look was incisive metal. His expression, benevolent and compassionate. He wore a tunic that reached to his feet,

puso de pie. Tambaleó un poco. Se enderezó. Dio un paso. Luego otro. Anduvo hasta el Sanador. Y volvió a la cama. El Sanador le echó la bendición.

Por la ventana yo lo ví. Tal como lo cuento. Con mis propios ojos yo lo ví y ahora lo digo. Y yo no miento.

Alguien quiso besarle el manto. El no lo permitió. A las mujeres les corrían las lágrimas. A algunos hombres también. Todos con la conciencia que estaban en la presencia del milagro y de la santidad. El santo nos aconsejó: que fuéramos buenos, que amáramos al prójimo. Nos echó la bendición y partió. Sólo como vino. Lo vimos subir la ladera hasta el pinar. Desapareció como apareció.

No sé si le dieron dinero o no. Me temo que sí, pero quiero creer que no. Yo no lo ví y no lo voy a averiguar.

¿Mago, charlatán, hipnotizador, santo? Qué sé yo. Yo sólo sé lo que ví, y eso no me lo quita nadie. La verdad es que mi tío se animó mucho, acaso mejoró de actitud, pero por lo demás quedó igual. Nunca se volvió a levantar. En poco tiempo el Sanador desapareció y nadie lo volvió a ver.

Otra figura misteriosa que aparece de vez en vez en las aldeas del norte a darle que hablar a la gente es la llorona. Es un personaje tradicional y folklórico.

Yo no conozco la historia real de esta mujer irreal. Sólo sé que es una figura nebulosa que aparece de noche y llora como un alma condenada. Claro, todo el mundo le tiene miedo porque trae con ella todo el terror de ultratumba.

Voy a contar una experiencia directa que yo tuve con esta mujer nocturna. Al parecer, la llorona aparece sólo en el verano. Un verano empezó a oírse el lamento. Todas las noches en distintas partes. Algunos hasta la vieron a lo lejos pero no se atrevieron a acercarse. Decían que andaba vestida de blanco.

Todo el pueblo andaba convulsionado. No se hablaba de otra cosa. La gente tenía miedo salir de noche. Cualquier ruido producía un silencio absoluto en la casa. Ni se respiraba. Todos esperando oír el largo lamento de un alma en pena.

Mi casa estaba a una distancia del pueblo. Todas las tardes

and over it a blue robe. Sandals on his feet. For me, and I believe for everyone else, he was Christ himself.

Without preambles, and before anyone said anything, he asked, "Where is the sick one?" His voice was as sweet, and smooth, and rich as the rest of his person. There was an aura of light, well-being and confidence that irradiated from this man that convinced and converted the most incredulous.

He was taken to the room of my uncle Prudencio. He walked directly to the bed, took his hand in both of his, and looked deeply into his eyes. Then he walked to the opposite extreme of the room, and extending his two arms toward my uncle. He said to him, "Rise and walk." His imperious voice was the voice of God. My uncle, who had spent years in bed, almost completely paralyzed, sat up in bed. He placed his feet on the floor. He stood up. He tottered a little. He straightened up. Took a step. Then another. He walked to the Sanador. And returned to the bed. The Sanador blessed him.

I saw all of this through the window. Exactly as I tell it. With my own eyes I saw it, and now I tell it. And I don't lie.

Someone tried to kiss his cloak. He didn't allow it. The women were crying. Some of the men too. Everyone with the awareness that they were in the presence of the miracle and holiness. The saint counselled us to be good, to love our neighbor. He blessed us and left. Alone as he came. We saw him climb the hill to the pine grove. He disappeared as he had appeared.

I don't know if they gave him money or not. I am afraid they did, but I want to believe they didn't. I didn't see it, and I am not going to find out.

Magician, charlatan, hypnotizer, saint? How can I tell? I only know what I saw, and no one can take that away from me. The fact is that my uncle perked up quite a bit, maybe his attitude improved, but as for the rest he remained the same. He never left his bed again. Shortly after the Sanador disappeared entirely, and no one ever saw him again.

Another mysterious figure that appears from time to time in the villages of the north to give people something to

iba yo a reunirme con los chicos en el campo de la iglesia a jugar al escondite o a jugar béisbol. Siempre me acompañaban mis dos perros pastores.

Esta tarde mi madre me encargó severamente que volviera antes de que se pusiera el sol. Pero como frecuentemente ocurre con los chicos, se me pasó el tiempo. Se me hizo oscuro sin que me diera cuenta.

De modo que volvía yo a la casa sólo a oscuras. Iba lleno de miedo. Andando rápido. Mirando a todos lados. Mojándome los labios con la punta de la lengua. Un sudor frío en las axilas.

La oí primero. Luego la ví. Me paré. Me enfrié. Me entiesé. Parecía que me habían salido largas y torcidas raíces de las plantas de los pies y se habían metido hondas en la tierra. La sangre se me escurrió por los pies. Y se consumió en la tierra. Quedé más pálido que una papa pelada. Estaba clavado. Tenía la garganta cerrada. ¿Huir? Ni por pienso. ¿Gritar? Mucho menos.

Como difunto despierto, tieso y recto, podía oír y ver y nada más. Otras veces en la vida he sentido pavor, alguna vez me ha llegado hasta el mismo tuétano. Pero ningún terror tan total y mortal como el de esa noche.

Escuchaba fascinado. Sin respirar. Era un llanto de otro mundo. Un llanto que salía de la tierra, ondulaba por el aire, se enroscaba en los abetos, y subía por escaleras propias hasta el mismo portal de la luna. Bajaba, se arrastraba por el suelo, te subía por las piernas y se te metía por los poros.

Era un llanto teatral. Un canto mordaz. Parecía tener ecos y resonancias en tiempos muy antiguos, en sitios muy remotos. Parecía que todo esto yo ya lo conocía. Que en otra vida, en otro tiempo, en otro lugar yo había oído este mismo lamento. Que este lamento era parte de mi historia subconciente, algo desconocido que yo llevaba en la sangre.

Sin saber cómo, instintivamente, todo mi cuerpo, mi cerebro y mi sentimiento, se pusieron en acuerdo con esta harmonía que inundaba el viento entre los pinos en un atavismo vital, onírico y singular. Yo palpitaba y respiraba al son de los arabescos y espirales melódicos que subían y bajaban, que a veces

talk about is La Llorona. She is a traditional and folkloric personage.

I don't know the real history of this unreal woman. I only know that she is a nebulous figure that appears at night and wails like a lost soul. Naturally everyone is afraid of her because she brings with her all of the terror that lies beyond the grave.

I am going to tell you of a real experience I had with this nocturnal lady. It seems that La Llorona appears only in the summer. One summer her lament was heard. Every night in a different place. Some people even saw her in the distance, but they didn't dare get near. They said she was dressed in white.

The whole town was upset. People didn't talk about anything else. They were afraid to go out at night. Any little sound produced a deafening silence in the house. Everyone stopped breathing. Everyone expecting to hear the lingering lament of a soul in pain.

My house was some distance from the town. Every evening I joined the kids in the church yard to play hide-and-go-seek and baseball. My two German shepherds always went with me.

This particular evening my mother instructed me severely to come home before sunset. But, as frequently happens with young boys, time slipped up on me. It got dark on me before I realized it.

So I was returning home alone in the dark. I was scared. Walking fast. Looking all around. Wetting my lips with the tip of my tongue. A cold sweat in my armpits.

First I heard her. Then I saw her. I stopped. I stiffened. I froze. It seemed that long and twisted roots had grown out of the soles of my feet and penetrated deep into the earth. My blood flowed out of my body through my feet into the earth. I was as pale as a peeled potato. I was nailed. My throat was closed. Run? No chance. Shout? No way.

Like a conscious corpse, stiff and straight, I could see and hear and nothing else. I have known fear other times in my life. On occasion fear has filtered to the very marrow of my bones. But never a fear as total and as mortal as the fear of that night.

agujereaban el cielo, a veces el suelo. Ya con regocijo, ya con delirio, ya con martirio.

El llanto era canto. Un canto estudiado, disciplinado, orquestado. Las medidas puntualizadas con sollozos vellosos y lágrimas metálicas. El ritmo, rapsódico e histérico, mantenido puro con la guitarra del diaframa. Cada nota una punzada. Cada pausa una herida. Gorgoritos en la garganta que eran toda una agonía. Si este suceso hubiera tenido lugar en una casa de ópera habría sido el acontecimiento del siglo.

En la distancia ella era blanca, esbelta y alta. Tan blanca que parecía espuma, o nube, o niebla. Parecía flotar, cimbrarse y ondular en la brisa y a la luz de la luna. Tan esbelta y alta que a momentos parecía estirarse hasta llegar al mismo portal de la luna, meciéndose al son de su canto, volando sobre las olas de su llanto musical. De pronto, ella, mujer del misterio, y su mágica y mística música eran una, eran una fantasía real que llenaba la noche y el mundo de vida, de amor y de miedo.

No sé cuando me dí cuenta de que toda aquella maravilla había terminado. Todo había cambiado. El llanto seguía pero ahora era lloro carnal. Gritos desesperados de mujer de carne y hueso. Ladridos. Gruñidos. Me costó trabajo analizar lo que estaba pasando. Me costó trabajo volver de donde andaba perdido.

Mis perros habían atacado a la llorona y la estaban matando. Acudí rápido. Le quité los perros. Allí en el suelo, envuelta en sábanas, gemía vulgarmente, se quejaba de la manera más ordinaria, y se tapaba la cara. Le arranqué la sábana. Era la Atanacia. ¡Qué terrible descepción!

La Atanacia era una atrasada mental. Estaba casada con el Casiano. Todo el mundo sabía que el Casiano era bebedor, mujeriego y jugador. Pendenciero y poco ladrón. Casiano desaparecía por largas temporadas a trabajar en otras partes. Volvía con plata y ropa nueva.

Entonces se daba la gran vida en las cantinas, en los bailes y otros sitios que él solo sabía. La Atanacia vivía sola cuando él andaba fuera y vivía sola cuando el volvía. Decían que le

I listened fascinated. Without breathing. It was a lament of another world. A lament that flowed out of the earth, undulated in the air, wrapped itself up the pine trees, and climbed up stairways of its own to the very portals of the moon. It descended, dragged itself over the ground, climbed up your legs and flowed into your pores.

It was a theatrical lament. A corrosive chant. It seemed to have echoes and resonances in very ancient times, in very distant places. It seemed that I was familiar with all of this. That in another life, in another time, in another place I had heard this same lament. That this lament was part of my subconscious history, something unknown that I carried in my blood.

Without knowing how, instinctively, all of my body, my mind and my feelings became attuned with this harmony that innundated the wind among the pines in a unique, vital and oneiric atavism. I breathed and palpitated to the rhythm of the melodic spirals and arabesques that rose and fell, that sometimes pierced the heavens, sometimes the earth. Now with joy, now with delirium, now with grief.

The lament was a chant. Studied, disciplined, orchestrated. The measures were punctuated with fleecy sobs and metalic tears. The rhythm, rhapsodic and hysterical, kept pure with the guitar of the diaphragm. Every note a spasm. Every pause a wound. Trills in the throat that were gasps of agony. If this event had taken place in an opera house it would have been the success of the century.

In the distance she was white, slender and tall. So white, she seemed to be foam, or cloud, or mist. She appeared to float, to swing and undulate in the breeze and in the light of the moon. So slender and so tall that at moments she seemed to stretch out as far as the very portals of the moon, swaying to the rhythm of her song, floating over the waves of her musical wail. Suddenly, she, woman of mystery, and her magical and mystical music became one. They became a real fantasy that filled the night and the world with life, and love, and fear.

I don't know when I realized that all that miracle was over.

pegaba. Alguna vez cuando se les vió juntos, el iba adelante, ella atrás, siguiéndolo como un perro, adorándolo como un perro.

La desesperación, la rabia y la frustración de ella llegaron a tal punto que se le metió en la cabeza enderezarle el camino, asustarlo de muerte o envenenarle la sangre. Cayó en lo de la llorona.

Por las noches, cuando él iba por sus sendas amorosas, ella le seguía. Como no había en el pueblo moteles, salones de asignación, es decir, nidos comerciales del amor, el que tenía gustos nocturnos al margen del matrimonio, tenía que deslizarse al bosque, desviarse detrás de las caballerizas, esconderse en los campos o fundirse en las sombras. Así es que la llorona aparecía en tan distintas partes. Cuando mi discubrimiento se sonó por el pueblo, Casiano desapareció.

Yo no volví a ser el mismo. he tratado a través de los años de explicarme lo que me pasó esa noche. No hay duda, yo fui transportado a otra vida, a otra existencia. Acaso a otra dimensión de esta vida. Mi memoria se acordó de cosas nunca vistas, nunca oídas. Mi inteligencia reconoció cosas desconocidas. Mi cuerpo, mi sangre y mis nervios se pusieron en concordancia con ecos y resonancias de un pasado más allá de mi propio pasado. Al revelar un misterio pequeño y mezquino me encontré con un misterio mayor y feroz.

¿Cómo pudo, cómo supo, la pobre idiota de la Atanacia despertar en mí, acaso en otros, responsos y sentimientos tan raros? Yo nunca traté de explicar a nadie lo que no podía explicarme a mí mismo. ¿Es que hay una herencia, una intrahistoria, que no tiene nada que ver con la biología ni con la inteligencia, que fluye desconocida de generación en generación? ¿Algo que uno lleva en la sangre?

Ahora bien, amigos, más brujerías les podría contar, pero las dejaremos para otra ocasión. Pero quiero decirles que lo que les he contado ocurrió exactamente como lo he contado, como yo lo ví y lo entendí en aquellos años y en aquel lugar, Tierra Amarilla.

Everything had changed. The crying continued but now it was a carnal cry. Desperate screams of a woman of flesh and bone. Barking. Snarling. It was difficult for me to analyze what was going on. It was difficult for me to return from where I'd been lost.

My dogs had attacked La Llorona and were killing her. I ran to her. I took the dogs away from her. There on the ground, wrapped in sheets, she whimpered in the basest way, she moaned in the most ordinary manner and covered her face. I ripped the sheet off. It was Atanacia. What a horrible disappointment!

Atanacia was mentally retarded. She was the wife of Casiano. Everyone knew that Casiano was a drunk, a woman-chaser and a poker fiend. A street-fighter and something of a thief. He would disappear for long periods to work elsewhere. He would return with money and new clothes.

He would then proceed to give himself a ball in the cantina, the dances and other places he alone knew. Atanacia lived alone when he was away, and she lived alone when he was home. People said he beat her. Once in a while when they were seen together, he walked in front, she behind, following him like a dog, adoring him like a dog.

Her despair, rage and frustration reached such a point that she got it into her head to straighten him out, frighten him to death or poison his blood. She got the idea of La Llorona.

At night, as he followed his roads of love, she followed him. Since there were no motels or houses of assignation, that is, commercial nests of love, anyone who had nocturnal tastes outside the confines of matrimony, had to slip out to the woods, scurry behind a barn, hide in the fields or blend with the shadows. That is why La Llorona appeared in so many places. When word of my discovery got around, Casiano disappeared.

I was never the same again. Through the years I've tried to explain to myself what happened to me that night. There is no doubt, I was transported to another life, to another existence. Maybe to another dimension of this life. My memory recalled

things never seen, never heard. My intelligence recognized segments of the unknown. My body, my blood and my nerves harmonized with echoes and resonances of a past beyond my own. On revealing a petty and puny mystery, I found myself with a major and ferocious mystery.

How could the poor idiot Atanacia awaken in me, perhaps in others, such strange feelings and reactions. I never tried to explain to anyone what I couldn't explain to myself. Is it that there is a heritage, an intrahistory, that has nothing to do with biology or with intelligence, that flows unknown from generation to generation? Something that one carries in his blood?

Well, amigos, I could tell you more witcheries, but let's leave them for another time. But I want to tell you that what I have told you happened exactly as I have narrated it, as I saw it and understood it in those years and in that place, Tierra Amarilla.

MI TIO CIRILO

Era grande, era fuerte, era gordo. Su bigote negro y denso era desafío y amenaza. Escondía una boca que nunca sonreía y unos dientes que yo me imaginaba eran feroces. Su pipa curva, ya en la mano ya en la boca, era arma que no hacía falta disparar. Ceñudo. Sombrío. Cuando iba por la calle, todos los cristianos del valle le saludaban con mucho respeto y un tanto de recelo. Casi nunca hablaba, y cuando hablaba, tronaba.

Era mi tío Cirilo, alguacil mayor del Condado de Río Arriba. Tío político. Mi tía Natividad era mi tía abuela. Crecidos ya sus hijos e idos, pasaba mucho tiempo sola. Yo solía ir a visitarla. Siempre me regalaba los mejores pastelitos y bizcochitos y su melcocha era cosa de las diosas.

A mi tío yo le tenía más respeto que nadie, más que respeto era miedo. No sé si sabía mi nombre. Cuando alguna vez nos topábamos por la calle, en misa o me sorprendía en su casa, me tronaba, "¡Hola, muchacho!" Yo le contestaba tembloroso y sumiso, "Buenos días, tío," y buscaba ansioso la manera de escaparme.

No que fuera malo conmigo. Siempre me daba un cinco. Es

MY UNCLE CIRILO

He was big, he was strong, he was fat. His black and thick mustache was a challenge and a threat. It covered a mouth that never smiled and what I imagined were ferocious teeth. His curved pipe, now in his mouth, now in his hand was a weapon he didn't need to fire. Gruff. Somber. When he walked down the street, all the Christians of the valley greeted him with a great deal of respect and more than a little misgiving. He hardly ever spoke, and when he did, he thundered.

He was my uncle Cirilo, Sheriff of Río Arriba County. Uncle by marriage. My aunt Natividad was my grandaunt. Her children grown and gone, she spent a great deal of time alone. I used to go visit her often. She would give me the best pies and cookies, and her taffy was fit for the gods.

I respected my uncle more than anyone else, more than respect it was fear. I don't know if he knew my name. Whenever we ran into each other in the street, at mass, or when he surprised me at his house, he would thunder, "Hello, boy!" I would answer, trembling and timid, "Good morning, uncle," and anxiously sought a way of running off.

que aquella facha suya era para asustar a todo pecador y malhechor. Y como yo siempre tenía algo que esconder, siempre tenía la sensación de que él, de manera misteriosa lo iba a saber y me iba a fulminar.

Era imponente el tío. Era de verlo zarandearse por la calle. Un pistolón de un lado. Una daga en el otro. La cartuchera ceñida debajo de la barriga. Una cuarta en la mano con la que de vez en vez se azotaba la pierna derecha. Caminaba como si tuviera prisa de no llegar a ninguna parte.

Cuando entraba en la cantina o en la peluquería, la algazara se apaciguaba, la conversación se tornaba respetable y tranquila. Nadie se equivocaba. Su presencia era la presencia de la ley. Una ley grande, fuerte y gorda, con un bigote negro y denso que escondía una boca que no sonreía.

Repito, no es que fuera malo, no tenía que serlo. Metía miedo y eso es todo. Así lo hizo todo sin tener que hacer nada.

Claro que tenía fama, y esa fama era su escudo de armas. Cuentan que una vez se le escapó un prisionero de la cárcel. El alguacil lo siguió y lo alcanzó en Ensenada.

Era Semana Santa y había una multitud ese Jueves Santo cuidando el desfile de los Penitentes azotándose. Entre la gente estaba el malvado muy ufano contemplando aquel feroz servicio, religioso, y seguramente sintiéndose cerca de Dios. Cuan cerca no sabía.

Surgió la ley con su bigote denso y negro como una tormenta amenazadora, y tronó; "¡Majadero, sinvergüenza, infame!" y otras cosas no muy apropiadas al día santo y al sentimiento religioso.

Era como si un ventarrón furioso hubiera soplado a través de la ladera, limpiando el mundo de gente y acabando con los penitentes. De pronto el pobre reo se quedó solo y mondo, clavado como una cruz en su propio Monte Calvario.

El polizonte, bravo como la nube más negra, disparando violentos truenos, lanzó el lazo como un rayo. Lazó al fugitivo como a una res. Y después se lo echó por delante con la soga al cuello como cualquier animal. Desaparecieron.

Not that he was mean with me. He always gave me a nickel. It's that that face of his was enough to frighten every sinner and evil doer. And since I always had something to hide, I always had the sensation that he would find out by some mysterious means and fulminate me.

The guy was imposing. It was something to see him strutting down the street. A big pistol on one side. A dagger on the other. His cartridge belt girded below his belly. A quirt in his hand with which he would slap his right leg from time to time. He walked as if he were in a hurry to get nowhere.

When he walked into the *cantina* or the barber shop, the clamor would die down, the conversation would become respectable and peaceful. No one was ever deceived. His presence was the presence of the law. A law that was big, strong and fat, with a mustache that was thick and black and covered a mouth that never smiled.

I repeat. It wasn't that he was mean. He didn't have to be. He just scared everybody, that's all. In this way he did it all without doing anything.

Of course he had a reputation, and that reputation was his coat of arms. They tell that on one occasion a prisoner escaped from the jail. The sheriff followed him and caught up with him in Ensenada.

It was Holy Week, and that Holy Thursday there was a multitude watching the parade of the Penitentes flagellating themselves. The scoundrel was among the people, haughtily contemplating that fierce religious service, and surely feeling very close to God. How close he didn't know.

The law appeared with its thick and black mustache like a menacing storm and thundered. "Scoundrel, rascal, criminal!" and other things not very fitting for the holy day and the religious feeling.

It was as if a furious wind had blown across the hill clearing the world of people and doing away with the Penitentes. Suddenly the poor prisoner was left all alone, nailed like a cross on his own Mount Calvary.

Pasó la tormenta. Se serenó el mundo. Apareció el gentío desaparecido. Le gente callada empezó a hablar y a comentar. De pronto se oyeron dos tiros.

Después se supo. Después se dijo. Don Cirilo había muerto a Crescencio. Algunos decían que Crescencio andaba armado y que le había disparado a Don Cirilo, y que eso explicaba los dos tiros. Otros decían que el difunto no andaba armado. El difunto, claro, no dijo nada.

En el informe oficial se anotó que en efecto el reo de muerte le había disparado al oficial. Nadie lo contestó. Nadie quiso ver la segunda pistola.

Teníamos en el colegio una monja que nos hacía la vida imposible. No he conocido en mi vida una mujer más mala que esta bendita vieja. De seguro debe haber explicaciones sicológicas y biológicas que aclaren su constante furia y rabia, pero no me importa especular sobre eso ahora.

Tenía una varilla, seca y fuerte, con la que nos demostraba que este mundo es un valle de lágrimas. Nos hacía extender las dos manos abiertas, primero palmas arriba, luego palmas abajo, y nos fajaba por ambos lados. El ardor y la hinchazón que nos duraba días eran motivo para que siempre pensáramos en ella. Ni como ir a quejarnos a casa. Sabíamos que nos iría peor. Como es de esperar, nosotros buscábamos la manera de vengarnos. Era guerra abierta. Nosotros también le dimos motivo para que se acordara de nosotros con frecuencia.

Le poníamos culebras, ratas, gatos muertos en las gabetas de su escritorio. Metíamos cabras en la sala de clase, esto acompañado por el gran barullo de sacar a los animales. Encebábamos el piso, produciendo la danza más grotesca y macabra que se puede imaginar con los gemidos, lamentos y descalabros fingidos de esperar. Una vez cargamos con una tremenda piedra de carbón que se había caído de un camión y la pusimos en su mesa. Cuando entró ella alzó el grito al cielo, como sabíamos que lo haría. Varios de nosotros nos ofrecimos a sacar la piedra como buenos muchachos que éramos. Pero la maldita piedra se nos caía y se desmoronaba un poco. La volvíamos a recoger. Se

The minion of the law, fierce as the darkest cloud and firing violent thunder, shot the lasso like a bolt of lightning. He roped the fugitive as if he were a steer. And later he drove him before him, the rope on his neck, like any other animal. They went out of sight.

The storm was over. Calm returned to the world. The crowd that had disappeared appeared. The silent people began to talk and to comment. Suddenly, two shots were heard.

Later, people found out. Later, people talked. Don Cirilo had killed Crescencio. Some said that Crescencio was armed and that he had fired on Don Cirilo, and that explained the two shots. Others said that the deceased was not armed. The deceased, naturally, didn't say a thing.

It was recorded in the official report that in fact the prisoner had fired on the officer. Nobody questioned it. Nobody tried to see the second gun.

In school we had a nun who made life unbearable for us. In my whole life I've never met a meaner woman than this blessed nun. Surely there must be psychological and biological explanations that can clarify her constant fury and rage, but I don't care to speculate on that now.

She had a dry, strong switch with which she demonstrated to us that this life is a vale of tears. She would make us put out our open hands, first palms up, then palms down, and she would let us have it on both sides. The sting and the swelling that lasted for days were reason enough for us to think of her all the time.

We couldn't even complain at home. It would have been worse for us. As was to be expected, we looked for every opportunity to fight back. It was open warfare. We, too, gave her ample reason to remember us often.

We would put snakes, rats, dead cats in her desk drawers. We brought goats into the classroom, this was followed by the great confusion of getting the animals out. We waxed the floor, producing the most macabre and grotesque dance imaginable with the moans, laments and pretended minor calamities you

nos volvía a caer. Luchando heroicamente, acabamos la faena. Es decir acabamos con la piedra. Ahora había mil pedazos de carbón donde antes había sólo uno.

Durante y después de estos episodios se enfurecía. Se ponía colorada. Bufaba. Gritaba. Lloraba. Se desmayaba. Salía despavorida. Si no con maldiciones, con palpitaciones sí. Nosotros muertos de la risa.

Venía la directora. Nos sermoneaba. Nos interrogaba. Nadie sabía nada. Nadie tenía la culpa. Jamás he visto tal lealtad. Nunca nadie nos echó por la cabeza. Las muchachas eran nuestras más devotas aliadas y cómplices. Después nos castigaba a todos, pero lo sabroso de la venganza le quitaba las espinas al castigo. Una vez vino el presidente del cuerpo de educación. Sermón. Interrogación. Nada.

Pero esta vez fue el colmo. Esta vez ya no tuvo remedio. A uno de los muchachos se le ocurrió una diablura que era todo dulzura. Era surruchar en parte una pata de su silla y esperar a ver qué pasaba.

Entró ella endemoniada como siempre. Nosotros todos a la expectativa. Nerviosos. El placer y el miedo eran uno. Esto iba a ser lindo.

Como de costumbre, se dejó caer sobre la silla. Era gorda y caía fuerte. ¡La silla se aplastó! ¡Espectáculo! Monja patas arriba. Calzones nunca vistos. Se le cayó la capucha y nos reveló el secreto de si son pelonas las monjas o no. Se desmayó. Alguien fue por la directora. Nosotros asustados de veras esta vez.

Esta vez mandaron a llamar al alguacil mayor. Entró. Se plantó ante nosotros. Nos miró. Se azotó la pierna derecha con la cuarta. Eso fue todo. De una manera misteriosa descendió sobre nosotros un espíritu de expiación y de reformación. Creo que nos entró el amor de Dios. Nunca ha habido en la historia de la jurisprudencia o de la salvación unos penitentes tan penitentes como nosotros.

Había entre nosotros un chico que le llamábamos "El Sudón." Porque sudaba mucho por eso. Cada vez que se complicaban las cosas a él le salía el sudor a chorros. Cada poro un

could expect. One time we carried a tremendous rock of coal that had fallen off a truck and placed on her table. When she came in she screamed to high heaven, as we knew she would. Several of us offered to take the rock out, as the good boys that we were. But we kept dropping the darn rock, each time breaking a little. We would pick it up once more. It would fall again. With a heroic effort we managed to complete our task. That is, we managed to finish off the rock. Now there were a thousand pieces of coal where there used to be only one.

During and after these episodes, she would become furious. She would get red in the face. Snort. Scream. Cry. Faint. She'd leave the room in a fury. No curses, but lots of palpitations. We almost died laughing.

The principal would come. Sermons. Interrogations. Nobody knew a thing. Nobody was to blame. I've never seen such loyalty. No one ever gave us away. The girls were our most devout allies and accomplices. Then she would punish us all, but the sweet taste of vengeance made up for it. One time the president of the board of education came. The sermon. The interrogation. Nothing. But this time was the limit. There was no way out of this one. One of the boys came up with a devilish idea that was really sweet; sawing half-way through one of the legs of her chair and sit back and see what happened.

She came in fit to be tied as usual. All of us throbbing with expectation. Nervous. Between pleasure and fear. This was going to be beautiful.

As she always did, she dropped on the chair. She was fat, and she dropped hard. The chair was crushed. What a spectacle! An upside down nun. Underwear never before seen. Her hood fell off revealing the secret about nuns shaving or not shaving their heads. She fainted. Someone went for the principal. We were really scared this time.

This time they called the sheriff. He came in. Planted himself before us. He looked at us. Slapped his right leg with his quirt. That was all. A spirit of expiation and reformation descended upon us in a mysterious way. Never in the history of

chorro. Esta vez estaba bañado. No me habría sorprendido ver un charco a sus pies. De modo que pronto llamó la atención del inquisidor.

Don Cirilo le clavó la mirada.

—¿Cómo te llamas tú?

—Su . . . Su . . . Sudón, señor.

—¿Cómo?

—Artu . . . Artu . . . Arturo Peña, señor!

Y el Sudón confesó y no negó. Confesamos todos. Todos los varones de la clase.

—Tú, ¿Cómo te llamas?

—Fermín Manzanares, señor.

—¿Y tú?

—Abel Sánchez.

Así siguió. Tomó nota. Nos castigó. Tuvimos que ir a la iglesia siete días y rezar siete rosarios.

Volvimos a la escuela. Monja nueva. Terminó la guerra. Nada más que paz y orden público. Estos eran regalos que los dioses le daban a Don Cirilo. Allá donde esté nuestra monja tendrá que acordarse de nosotros como nosotros nos acordamos de ella.

Don Cirilo se llamaba, y si no se hubiera muerto todavía se llamara.

jurisprudence and salvation have there ever been as penitent penitents as ourselves.

There was among us a kid we called "Sweater." Because he sweated so much, that's why. Every time things got complicated he sweated rivers. Every pore a jet. This time he was soaked. I wouldn't have been surprised to see a puddle at his feet. So naturally he attracted the attention of the inquisitor.

"What's your name?"

"Swe . . . Swe . . . Sweater, sir."

"What?"

"Arth . . . Arth . . . Arthur Peña, sir."

And Sweater confessed, and he did not deny anything. We all confessed. All the boys.

"You, what's your name?"

"Fermín Manzanares, sir."

"And you?"

"Abel Sánchez, sir."

He went on writing down our names. He punished us. We had to go to the church seven days and say seven rosaries.

We returned to school. A new nun. The war was over. Nothing but peace and public order. These were gifts the gods gave Don Cirilo. Wherever our nun may be she must remember us as we remember her.

Don Cirilo was his name, and if he hadn't died, it would still be.

EL NEGRO AGUILAR

Hace mucho que murió el negro Aguilar, pero por todas esas tierras del norte se siguen contando las aventuras y travesuras de ese vaquero del Wild West nuestro. Hay algunos que se imponen en la realidad de su tiempo, su tierra y su pueblo de tal manera que cuando se han ido, se han quedado en la conciencia de todos. Así fue el negro Aguilar.

Era vaquero de profesión y afición. Vaquero de contrato que pasaba de ganado en ganado, de ranchería en ranchería, de sierra en sierra sin posar mucho en ninguna parte. Espíritu inquieto y libre. Se entregaba entero, sus destrezas, sus habilidades, sus alegrías, y buen humor, a su oficio y a su patrón del momento. Siempre que hubiera algo que hacer, algo violento, algo peligroso. Cuando las cosas se apaciguaban, el negro Aguilar se aburría. Se iba a otra parte. Siempre en busca del gozo y del reto de la vida. No había patrón que no lo contratara el día que no se sintiera favorecido por corta que fuera su estadía.

Y con razón. No había nada del quehacer ganadero que él no conociera mejor que nadie. Ya fuera ayudarle a una yegua o a una res a buen parir. Atender a un animal enfermo. Lazar.

EL NEGRO AGUILAR

El negro Aguilar died a long time ago. In all those lands of the north, people still talk about the adventures and capers of that cowboy of our own Wild West. There are so many men who go through life without anyone ever being aware of their presence. There are some who impose themselves on the reality of their times, their land and their people in such a way that when they are gone, they have remained in the consciousness of all. *El negro Aguilar* was that kind of a man.

He was a cowboy by profession and inclination. A cowboy by contract who went from herd to herd, from ranch to ranch, from mountain to mountain, without remaining long anywhere. A restless and free spirit. He gave himself completely, his skills, his capabilities, his joys and good humor to his job and to his *patrón* of the moment, as long as there was something to do, something violent, something dangerous. When things settled down, *el negro Aguilar* got bored. He went somewhere else, always in search of the joy and the challenge of life. There wasn't a *patrón* who wouldn't hire him the day he showed up and wouldn't consider himself favored, however short this stay might be.

Herrar. Capar. Ya fuera tirantear alabre de púas para las cercas, o cortar pinos para la máquina de rajar, o hacer adobes. Era el maestro. Dueño de todas las artes.

Era negro. No creo que nadie se percatara en eso. Yo sé que yo no. Nosotros no hemos tenido nunca, ni tenemos ahora, esa terrible obsesión que tiene la gente anglosajona sobre el color de la piel. En nosotros sería ridículo. En cada familia de las nuestras tenemos toda la gama de la pigmentación humana, desde los bien blancos hasta los bien morenos, desde los ojos más azules y pelo rubio hasta los ojos más negros y pelo prieto. De modo que el negro en nuestro medio fue siempre nuestro. Ahora mismo no sé si era negro de verdad o negro por casualidad.

Era poeta. Poeta nato. En el campo, alrededor de la fogata, en el patio, en el portal o en la cantina, componía y cantaba sus versos con una espontaneidad y facilidad que era como respirar. Dirigía sus versos a todos los presentes, nombrándolos por nombre. Les sacaba a relucir sus trapitos, y si no tenían trapitos, se los inventaba para la diversión de todos. Por ejemplo:

> Oigame don Octaviano,
> no se me ponga bravo.
> Ahora que lo estoy mirando,
> me acuerdo de todos sus pecados.

> Si yo aquí contara
> lo de la Carolina
> su mujer lo quemara
> en azufre y gasolina

Rasgueaba la guitarra y sonreía y las risotadas, a las burlas de todos y al desconcierto de don Octaviano. Antes de que la cosa se pusiera pesada, señalaba o otro:

> Y usted, don Cirilo
> que orgulloso se ha puesto

And rightly so. There was nothing in the tasks of the cat-
tlemen he didn't know better than anyone else. Be it helping a
mare or a cow to a happy delivery. Attend a sick animal. Rope.
Brand. Castrate. Be it stretching barbed wire for the fences or
cutting pine trees for the mill or making adobes, he was the
master of all the arts.

He was a black. I don't think anyone ever noticed it. I
know I didn't. We have never had, nor do we now have, that
terrible obsession the Anglo-Saxon has over the color of the
skin. With us it would be absurd. In any one of our families we
have the whole gamut of human pigmentation, from the lily
white to the darkly brown, from the bluest eyes and blondest
hair, to the blackest eyes and hair. Therefore, *el negro* in our
midst was always one of us. To this day I don't know whether
he was truly a black or whether he was black by accident.

He was a poet. A born poet. Out in the country, around
the campfire, in the patio, on the porch or in the *cantina* he
composed and sang his verses with a facility and spontaneity that
was like breathing. He addressed his verses to anyone present,
naming people by their names. He brought out into the light of
day people's little secrets, and if they didn't have secrets, he
made them up to the delight of everyone. For example:

> Listen, Don Octaviano,
> Don't you act so smart.
> Now that I look at you
> I remember so many of your sins.
>
> If I should tell here
> that thing about your Carolina,
> Your wife would incinerate you
> in sulphur and gasoline.

He strummed his guitar and smiled to the guffaws and
jokes of all and the embarrassment of Don Octaviano. Before
the matter became really awkward, he picked someone else out:

por echarle un pial a la viuda
de mi compadre Ernesto.

Nadie se le escapaba. Pero en la irreverencia general, la algazara y el buen humor, la espina que clavaba no dolía mucho. Siempre el canto en la boca, la guitarra en la mano y la risa en el fondo.

A veces cantaba de sus aventuras. Siempre le pedían que cantara de un gran arreo que hicieron los nuevomexicanos a Kansas en el que el negro Aguilar participó. El corrido es ya famoso. La atención para esta canción era total. No recuerdo la letra exacta pero va algo así:

Cuando salimos pa' Kansas,
quinientos eran los novillos
que teníamos que llevar.
Y entre quince mexicanos
no (s) los podíamos dominar.

La noche era tan prieta
y el aguacero tan fuerte,
y aquellos truenos tan recios
que casi nos hacían llorar.

Cuando llegamos a un río grande
el caporal nos gritaba,
"Muchachos se van a ahogar."
Le responden los vaqueros,
toditos en general:
"Si somos del Río Grande,
de los buenos pa' nadar."

Cuando volvimos de Kansas,
una señora se acerca al caporal,
"¿Qué razón me da de mi hijo
que no le he visto llegar?"

"Señora, le dijera
pero ha de querer llorar.

And you, Don Cirilo,
how proud you've become
since you lassoed the widow
of my *compadre* Ernesto.

No one was safe. But in the general irreverence, the din
and good humor, the thorn he fixed didn't hurt too much. Always a song on his lips, a guitar in his hands and laughter in the
background.

Sometimes he sang about his adventures. He was always
asked to sing about a great cattle drive the New Mexicans made
to Kansas in which *el negro Aguilar* took part. The ballad is now
famous. The attention for this song was complete. I don't remember the words exactly, but they went something like this:

When we left for Kansas
five hundred were the steers
we had to take.
And we fifteen *mexicanos*
could dominate them.

The night it was so black
and the rainstorm was so strong,
and the thunder was so loud
that they almost made us cry.

When we got to a big river,
the foreman shouted to us,
"Boys, you're going to drown."
The cowboys answered,
together as one,
"But we're from the Rio Grande
and darn good for swimming."

When we returned from Kansas
a lady approached the foreman
"What news do you have of my son
for I haven't seen him come in?"

Su hijo lo mató un novillo
en las trancas de un corral."

Vividor. Bebedor. Enamorado. Jugador. Se sabía cuando
llegaba a Tierra Amarilla. Parecía que un viento de vida y alegría
sacudía al pueblo. Siempre venía clavado (con dinero) y bien
vestido. Un alarido alambicado y retorcido era el anuncio.
Todos ya sabían. Zarandeándose por la calle, el clac clac de sus
tacones y el tintineo de la rodajas de sus espuelas marcaban el
compás. "Quiubole, hermano Juan! Que Dios la bendiga, hermanita Eduvigen!" Abrazos, palmoteadas, golpes, luchas de
mano, gritos. Después, barullo en la cantina, desafíos en la calle,
borracheras, póker en la trastienda. En los bailes nadie le ganaba
a bailar la jota y el valse chiquiado. Un buen día silencio, paz,
serenidad. El negro Aguilar se había ido.

Yo lo conocía bien. En muchas ocasiones trabajó para mi
papá. En otras, mi padre lo recogió y lo trajo a casa a dormir
cuando andaba muy metido en tragos, como él dijo una vez,
"lleno de iniquidad."

Un día llegó a la casa "lleno de iniquidad," y desde luego,
muy alegre. Estaba el corral lleno de burros. Había venido el
campero de la sierra por provisiones. El Negro se puso a jinetear
los burros a pelo. Los burros lo tiraron, lo pisaron, lo patearon.
El, encantado de la vida. Yo, muerto de la risa. Por fin, agotado,
me echó un brazo sobre el hombro.

—Hermanito, ve acuéstame, ya no puedo.—
Yo me sentía honrado que me dijera "hermanito." Lo acosté en
la dispensa. Allí en el catre se puso serio de repente.

—Hermanito, cuando crezcas quiero que escribas tú mis
cosas. Mira que yo no sé escribir.

—Como no, señor Aguilar. Yo voy a escribir sus versos y
sus cuentos.—Se durmió. Yo desensillé su caballo y le dí de
comer. Hoy lamento de veras que perdí la oportunidad de
escribir sus versos y sus cuentos. Eran verdaderamente ori-
ginales.

Una vez un grupo de vaqueros nuevomexicanos fueron
hasta California a comprar caballos. Entre ellos, claro, iba el

"Señora, I would tell you,
but you will want to cry.
A steer killed your son
on the gates of a corral.

A swinger. A drinker. A lover. A gambler. Everyone knew when he hit Tierra Amarilla. It seemed like a wind of life and good cheer shook the whole town. He always came back loaded and well dressed. A spiraled and twisted howl was the announcement. Everybody knew. Strutting down the street, the click-clack of his heels, the ringing of his spurs marked the rhythm. "Howdy, brother John! May God Bless you sister Eduvigen!" Embraces, slaps, blows, hand-wrestling, shouts. Later, disorder in the *cantina,* challenges in the street, binges, poker in the back room. In the dances nobody could beat him in the *jota* or the *valse chiquiado.* One day, silence, peace, tranquility. *El negro Aguilar* had left town.

I knew him well. He worked for my father many times. Other times, my father brought him home to sleep it off when he found him with one drink too many, as he himself said, "full of iniquity," and naturally, very happy. The corral was full of burros. The *campero* had come in from the mountains for provisions. *El negro* decided to ride the burros bareback. The burros pitched him off, stepped on him, kicked him. He, on top of the world. Me, dead of laughter. Finally, worn out, he put his arm around my shoulders.

"Little brother, put me to bed. I can't handle it any more." I felt honored that he would call me "little brother." I put him to bed in the storeroom. There on the cot he became serious suddenly.

"Little brother, when you grow up, I want you to write up my things."

"Of course, Señor Aguilar. I am going to write your verses and your stories."

He fell asleep. I unsaddled his horse and fed it. Today I regret sincerely that I lost the opportunity to write his poems and his stories. They were really original.

negro Aguilar. Figúrense lo que sería arrear una caballada de quinientos animales desde allá hasta aquí. Desiertos, montañas, sequías, lluvias. Aquellos tiempos no eran como estos. No había la abundancia que hay ahora.

El negro Aguilar no llevaba pantalones cuando andaba en el campo para guardarlos para cuando fueran necesarios. Las lluvias, los matorrales, los estragos del trabajo los gastaban y estropeaban demasiado pronto y costaban mucho. Montado a caballo, con sus chaparreras de cuero, no se notaba. Además, en la soledad del campo, quién iba a ver, o a quién le iba a importar. Tenía la piel de las piernas y del trasero curtida como cuero de res. Con las grietas, ronchas y callos propios del oficio.

Cuando la caballada y esos raros nuevomexicanos pasaban por los pueblos donde nunca pasaba nada, todo el gentío salía a la calle a presenciar este acontecimiento. Hay que admitir que esto llamaba la atención. Tal cosa no se había hecho nunca.

Dicen que el negro Aguilar esperaba hasta que estaba frente al mayor grupo de mujeres, luego lanzaba uno de sus alaridos trepadores y le alzaba la pata. Les daba a las buenas señoras una visión negra y misteriosa de regiones interiores. Escándalo, gritos, Jesús míos, al agua de los Dulces Nombres. Dicen que las mujeres se tapaban los ojos con las manos—con los dedos entreabiertos. El se alejaba con una carcajada.

Así vivió. Así murió. Así siguió después de muerto. Ya verán.

En la cantina ya viejo, estaba el negro Aguilar haciendo sus cosas. Los versos, los chistes, los disparates. Todo el mundo alegre y animado, como siempre en su presencia.

Después de unos versos especialmente picantes, el negro Aguilar echó la cabeza para atrás en una carcajada de esas que le caracterizaban. Todo el cuerpo le temblaba. La gente estaba que se revolcaba de la risa. Menos uno, el de la espina clavada.

Poco a poco las convulsiones se fueron aplacando. Poco a poco se fueron callando. Poco a poco empezó a pervadir la conciencia de que algo estaba fuera de quicio. Algo estaba muy mal. Al instante no se supo qué.

One time a group of nuevomexicano cowboys went'all the
way to California to buy horses. Among them, naturally, was *el
negro Aguilar.* Imagine what it must have been to drive a herd
of five hundred horses from there to here. Deserts, mountains,
droughts, storms. Those days were not like these. There wasn't
the abundance there is today.

El negro Aguilar didn't wear any pants when he was out on
the range in order to save them for when they were needed. The
rains, the brush, the wear and tear wore them out, besides they
cost a lot. On horseback, with his chaps on, nobody could tell.
Furthermore, in the loneliness of the range, who was going to
see, who was going to care? The skin of his legs and his behind
was as tough as rawhide, with the scars, welts and callouses that
came with the job.

When the herd of horses and those strange *nuevomexicanos* passed through the small towns where nothing ever happened, all the people came out to the street to see this happen-
ing. One must admit that this attracted attention. Such a thing
had never been done before.

They say that *el negro Aguilar* waited until he was in front
of the largest group of women then he would let out one of his
spiraling howls and lift a leg at them. He gave the good ladies a
black and mysterious vision of internal regions. Scandal,
screams, My Lords. They say the women covered their eyes
with their hands—with their fingers partially open. He would
ride off with a lusty guffaw.

That's the way he lived. That's the way he died. That's the
way he kept on after he died. You'll see.

El negro Aguilar, already an old man, was in the *cantina*
doing his thing. Verses, jokes, nonsense. Everybody was happy
and animated as usual in his presence.

After some specially biting verses *el negro Aguilar* threw
his head back in that laughter that characterized him. His whole
body was shaking. The people were rolling over with laughter.
All except one, the one who received the barb.

Little by little the convulsions subsided. Little by little it

Es que el negro Aguilar estaba quieto y callado con una carcajada silenciosa en la cara. La guitarra en posición. El negro Aguilar había muerto. Había muerto como había vivido. Con el canto en la boca, la guitarra en la mano y la risa en el fondo.

Como no hubo quién reclamara el cuerpo de inmediato, y como nadie sabía qué hacer, se tardaron mucho en retirar al difunto. Cuando por fin lo hicieron, ya el cuerpo se había enfriado, se había endurecido, se había entiesado.

Los amigos que se encargaron de preparar el cuerpo para el entierro tuvieron grandes problemas. Fue bien difícil quitarle la guitarra. Era como si el viejo vaquero se aferrara a su vieja compañera. Cuando lo lograron, los brazos quedaron altos y tiesos, los dedos como grifos, como si todavía rasgueara la guitarra.

Fue imposible cerrarle la boca. Fue necesario atarle un pañuelo por debajo de la quijadas y sobre la cabeza para mantenerle cerrada la boca. Como murió sentado, fue necesario enderezarle las piernas a las fuerzas. Por fin se pudo colocar el cuerpo en el cajón.

El velorio fue igual a todos. Todo Tierra Amarilla estaba presente. Alabados. El rosario. Llantos. Requiebros. Nadie estaba preparado para lo que occurió de repente.

Cuando menos pensamos, y en un ambiente todo respeto y reverencia, el cadáver dobló una rodilla con un clac que se oyó por todo el cuarto. Toda la gente se quedó fascinada mirando la rodilla desobediente. Un silencio absoluto. De pronto otro clac que sonó como un balazo—y se levantó la otra rodilla.

Nadie dijo nada. Nadie se movió. Largo rato. Alguien toció. Don Epifanio, anciano venerable, viejo amigo del negro Aguilar, se levantó en silencio y le aplastó las rodillas al cadáver.

Fue un crujir de huesos que nos asustó a todos. Pero no fue todo . . .

¡Al enderezarse las piernas, se incorporó el cuerpo violentamente! ¡Se desató el pañuelo!

Allí estaba el negro Aguilar. En función de fiesta. Una carcajada en la cara. Sus manos agitando una guitarra invisible.

became quiet. Little by little an awareness that something was out of joint took over. At the moment no one knew what.

El negro Aguilar was still and quiet with a silent laugh on his face. His guitar in place. *El negro Aguilar* was dead. He had died as he had lived. With a song on his lips, his guitar in his hands and with laughter in the background.

Since there was no one to claim the body immediately, and since nobody knew what to do, it was a long time before the body was removed. When they finally did so, the body was cold, hard, stiff.

The friends that took charge of preparing the body for the funeral had serious problems. It was quite difficult to take the guitar away from him. It was as if the old cowboy refused to let go of his old companion. When they succeeded, his arms raised and stiff, his fingers hooked, as if he were still strumming the guitar.

It was impossible to close his mouth. It was necessary to tie a handkerchief under his jaws and over his head to keep his mouth shut. Since he died in a sitting position, it was necessary to straighten his legs by force. Finally it was possible to fit the body in the coffin.

The wake was the usual one. All Tierra Amarilla was present. Hymns. The Rosary. Weeping. Kind words about the dead. No one was prepared for what happened all of a sudden.

When we least expected, and in an atmosphere full of respect and reverence, the corpse raised a knee with a crack that was heard all over the room. All of the people were fascinated, staring at the disobedient knee. An absolute silence. Suddenly another crack that sounded like a shot—and the knee came up.

Nobody said anything. Nobody moved. A long wait. Somebody coughed. Don Epifanio, a venerable old man, an old friend of *el negro Aguilar,* rose in silence and pressed the knees of the corpse down.

There was a creaking of bones that frightened us all. But that wasn't all.

Me dieron ganas de ponerle una guitarra en las manos. Me dieron ganas de echarle unos versos picantes. De llevarlo a la cantina y terminar la fiesta como él hubiera querido.

Así es que ni la vida ni la muerte pudo con este hombre. El sí pudo con las dos. Y allá en el norte la gente se acuerda y se sonríe.

As the legs were straightened, the body sat up violently! The handkerchief came off!

There was *el negro Aguilar.* Ready for a party. Boisterous laughter on his face. His hands strumming an invisible guitar.

I felt like placing a guitar in his hands. I felt like composing some sassy verses for him. I felt like taking him to the *cantina* and finishing the party the way he would have liked to.

So neither life nor death could handle this man. He could handle both. And up there in the north country people remember and they smile.

ELACIO ERA ELACIO

Elacio Sandoval ha sido un hombre extraordinario. Hoy es un distinguido y respetado
profesor de biología allá en las escuelas de la
montaña que no supo, o no pudo, abandonar.

Horacio fue pastor de ovejas por los primeros diez y ocho
años de su vida. Su padre lo tuvo aislado del mundo y dedicado
de día y de noche al pequeño rebaño que era el pan de cada día
de la familia.

El joven conocía su oficio a fondo. El ganado medraba.
Los borregos bien gordos cada otoño. La lana gruesa y rica cada
primavera. Entrenaba a sus hermanos menores en los menesteres
y quehaceres del pastor. Con el tiempo esto le permitió darse
algunas escapadas a conocer un poco el mundo que se le había
negado, las comodidades y placeres de la vida civilizada, desconocidas para él.

Esa vida del campo fue verdaderamente placentera por
mucho tiempo. Siendo un tanto esquivo, como era de esperar,
dadas las circunstancias, gozaba de la soledad y de la libertad
que la montaña le ofrecía. La belleza de los paisajes le llenaban
la sensibilidad de placer. Los conflictos con la naturaleza, la

ELACIO WAS ELACIO

Elacio Sandoval has been an extraordinary man. Today he is a distinguished and respected professor of Biology in the schools of the mountains that he couldn't leave.

Elacio was a sheep herder for the first eighteen years of his life. His father had him isolated from the world and he dedicated day and night to the small flock that was the daily bread of the family.

The young man knew his job well. The flock grew. Every autumn the lambs were fat. Every spring the wool was thick and rich. He trained his younger brothers in the skills and tasks of the shepherd. In time this permitted him a few escapades to learn a little about the world that had been denied to him, the conveniences and the pleasures of civilized life, unknown to him.

That mountain life was truly pleasant for a long time. Being somewhat shy, as was to be expected, given the circumstances, he enjoyed the solitude and the liberty that the mountains offered him. The conflicts with nature, the struggle with the elements, the confrontations with the wild animals of the

lucha con los elementos, las confrontaciones con las fieras del bosque, que él dominaba siempre, le traían una satisfacción varonil especial. Sacar el ganado adelante, satisfacer las necesidades económicas de la familia eran una fuente de orgullo personal inagotable.

Elacio mismo no podría decir cuándo empezaron a entrarle inquietudes. Quizás cuando empezó a salir al mundo de vez en vez. Quizás cuando sus hermanos empezaron a crecer y podían ya reemplazarle. El hecho es que las inquietudes nacieron y poco a poco se fueron convirtiendo en angustia.

La prima manifestación de esta angustia fue una ansia repentina de saber, conocer, investigar. Elacio nunca había asistido a la escuela. No sabía leer ni escribir. Cayó en sus manos una Biblia en español. Y él solito se enseñó a leer y a escribir con ese libro. Después se pone a devorar cuanto libro cae en sus manos. Todo en español. En inglés nada. Ni palabra.

Un día sin decirle a nadie, y dejando una larga carta para sus padres, Elacio bajó de la montaña. Quién sabe cómo fue a dar al McCurdy Mission en Santa Cruz. Este era un colegio protestante de internos. Allí a los diez y ocho años, sin saber una palabra de inglés, sin dinero, Elacio inició su carrera académica y su vida civilizada.

Trabajó por su matrícula, su cama y comida, su ropa y demás necesidades. Se aguantó. Y un buen día se graduó con honores de la secundaria. Después ingresó en una universidad del este, y a su tiempo se recibió en biología. Más tarde recibió su título de Master de una gran universidad del Midwest.

Entretanto, con mil sacrificios, fue sacando a sus hermanos menores de la montaña uno por uno y metiéndolos poco a poco en el siglo XX. Al final resultaron tres hermanos con el título de Master y una hermana egresada de la universidad. Esto sería extraordinario hoy día pero en aquellos días y en aquellas circunstancias esto era verdaderamente fabuloso. Nos da la medida tremenda del hombre.

Yo conocí a Elacio en la Spanish American Normal en El Rito donde los dos fuimos profesores. El tendría entonces unos

forest, battles he always won, brought him a special masculine satisfaction. To come out ahead with the flock, satisfy the economic needs of the family was an inexhaustible fountain of personal pride.

Elacio himself could not tell when his anxieties began. Perhaps when his brothers began to grow and could take his place. The fact is that the anxieties were born and little by little became an anguish.

The first manifestation of this anguish was a sudden eagerness to know, to learn, to investigate. Elacio had never attended school. He didn't know how to read or write. A Spanish Bible came to his hands. And all alone he taught himself to read and write with that book. After that he set out to devour every book that fell into his hands. All in Spanish. In English nothing. Not a word.

One day without saying anything to anyone, and leaving a long letter for his parents, Elacio came down from the mountains. No one knows how he ended up at the McCurdy Mission in Santa Cruz. This was a Protestant boarding school. There, at the age of eighteen, without knowing a word of English, without money, Elacio began his academic career and his civilized life.

He worked for his tuition, his room and board, his clothes and other needs. He took it. And one good day he graduated from high school with honors. Later he enrolled in a university in the East. In time he graduated with a degree in biology. Later he received his Master's Degree from a great university of the Midwest.

In the meantime, with great sacrifice, he kept bringing his younger brothers out of the mountains one by one and introducing them little by little into the twentieth century. At the end three brothers ended up with Master's Degrees and a sister with a B.A. Degree. This would be extraordinary even today, but in those days and in those circumstances, this was truly fabulous. It gives us the tremendous measure of the man.

I met Elacio at the Spanish American Normal at El Rito

cuarenta años. Yo tenía veinte y dos. Nos hicimos muy buenos amigos.

Era él un hombre exageradamente bien parecido. Tenía un aire de una quieta y reservada dignidad, un tanto aristocrática. Una dignidad conseguida en esos diez y ocho años con las borregas, o en todos esos años con los protestantes, o allá con los yanquis. Quién sabe dónde y cómo. Lo más probable es que era dignidad innata. Además había a su rededor una áurea de misterio, de romanticismo, por haber estado y estudiado en tantas partes. Pero lo que le daba vida y chispa a toda esta figura era un sentido de humor, una cierta socarronería, siempre oculto, siempre vigilado con mucho cuidado, pero que despedía destellos inesperados, sorpresas disfrazadas.

Elacio era un enamorado de primera—de segunda, y de tercera. O al inverso. Yendo y viniendo. Su camino del amor era de dos vías, y las dos eran para él. Cuando él se enamoraba, se enamoraba de veras, aunque fuera siete veces al día. Lo que no dejaba de sorprender, especialmente cuando se tomaba en cuenta su dignidad seria y quieta, un tanto aristocrática. Aprendió mucho de moral y ética de los protestantes, pero en lo que atañe al amor fue siempre un don Juan católico, apostólico y romano.

Como sus amores eran todos violentos y apasionados, los líos en que se metía eran todos violentos y apasionados. En todas partes le salían novias, cada una dispuesta a llevarlo a la misa de cuerpo presente. Lo bañaban en lágrimas, requiebros y amenazas. El correspondía con excusas, mentiras, fugas, comedias y dramas. Tenía francas todas las entradas al amor y todas las salidas cerradas. Prisionero voluntario de su propio talento. Preso de sus propias trampas.

Con más de cuarenta años a cuestas se esperaría que ya se hubiera casado. Al principio no había podido casarse por lo tarde que vino su propia educación. Después tuvo la obligación de educar a sus hermanos. Más tarde no se casó porque no le dió la gana. Habiendo llegado tarde al amor se dedicó cuerpo y alma a disfrutar (en todo sentido) de la fruta prohibida, y de la regalada.

where we were both teachers. He must have been about forty years old. I was twenty-two. We became very good friends.

He was an extremely handsome man. There was an air of quiet and reserved dignity about him, somewhat aristocratic. A dignity obtained in those eighteen years with the sheep, or in all those years with the Protestants, or out there with the Yankees. Who knows where or how. The most likely possibility is that he was born with it. In addition there was an aura of mystery around him, a romantic one, for having been and studied in so many places. But what gave life and sparkle to this figure was a sense of humor, a certain artfulness, always hidden, always disciplined with great care, but which sent out unexpected flashes, disguised surprises.

Elacio was a lover first class—second and third. Or inversely. Going and coming. His road of love was a two-way street, and both ways were his. When he fell in love, it was for real, even if it was seven times a day. This couldn't help from being surprising, especially when you considered his quiet and formal dignity, somewhat aristocratic. He learned a great deal about morals and ethics from the Protestants, but when it comes to love he always was a Catholic, Apostolic and Roman Don Juan.

Since his love affairs were all violent and passionate, the messes he got into were all violent and passionate. There were sweethearts waiting to waylay him everywhere, each one determined to carry him off to the mass of the last rites. They anointed him with tears, flattery and threats. He returned their favors with excuses, lies, disappearances, comedies and dramas. He had free passage through all the entrances of love—and all the exits closed. A voluntary prisoner of his own charm. A prisoner of his own traps.

With more than forty years on his shoulders, one would expect him to be married already. At first he couldn't get married because of the delay in his own education. Later he had the obligation of educating his brothers. Much later he didn't marry because he dedicated himself body and soul to enjoy (in every way) the forbidden fruit as well as the free fruit.

With his face of a Roman consul, with his suspected

Con su cara de cónsul romano, con su sospechada cuenta en el banco, se ganaba a los padres, especialmente a la mamá. De inmediato empezaban a soñar en un bendito matrimonio que endulzaría su propio patrimonio. Luego Elacio le soltaba a la hija digna del patrimonio que empezaba a oler matrimonio algo como, "Linda, eres tú la sonrisa misma de la Virgen María." Y los dejaba a todos temblando. Así empezaba: todo lleno de promesa—promesa de problema. Elacio era como don Quijote. Este era cuerdo y racional en todo menos en lo que tenía que ver con asuntos caballerescos. Elacio era razonable y discreto en todo menos en lo que tenía que ver con el amor. Aquí perdía los estribos por completo.

Un día entró en mi cuarto. Ni saludó. Se desplomó en un sillón. Lo ví deshecho. Me imaginé el por qué. A este santo se le había llegado su función. Cuando el silencio se iba poniendo bochornoso . . .

—¿Qué te pasa, Elacio?

—Me fregaron, hermano.

—¿Quienes?

—Los Benavídez.

No hacía falta que me dijera más. Hacía unos meses Elacio había enamorado a Erlinda Benavídez. La traía loca. Ella lo comía por teléfono. Lo aplastaba a cartas. Le disparaba telegramas. Le regalaba hasta los dientes de los santos. Creo que hasta lo amenazó.

Esto no era nada nuevo. Con una excepción. Erlinda tenía cuatro hermanos. Sus hermanos eran unos bandidos. Pistoleros, casi matones. Entre nosotros nadie juega con nuestras mujeres, nadie se burla de ellas. Es cosa de familia. Es cosa de pundonor. Si la mujer tiene cuatro hermanos bandidos, pistoleros, casi matones, entonces se juega mucho menos.

Pues los cuatro hermanos atraparon a mi amigo Elacio y le rezaron el rosario de la raza. Lo hicieron con los ruidos y los gestos adecuados para convencer a mi amigo del error de sus andanzas y convertirlo al camino de la salvación.

—¿Qué voy a hacer, Alex?

account in the bank, he first won over the parents, specially the mother. They immediately began to dream of a blessed matrimony that would sweeten their own patrimony. Then Elacio would pop on the worthy daughter of the patrimony who was beginning to smell matrimony something like, "Linda, you are the smile on the face of the Virgin Mary herself." And he would leave them all trembling. That's the way it would begin: everything full of promise—promise of problems.

Elacio was like Don Quijote. Don Quijote was sane and rational in all things except in those things that had to do with matters of chivalry. Elacio was reasonable in all things except in those things that had to do with love. Here he lost his marbles completely.

One day he entered my room. He didn't even greet me. He dropped into a chair. He was destroyed. I imagined why. This one had to pay the piper. When the silence was becoming awkward . . .

"What's the matter, Elacio?"

"They got me, *hermano*."

"Who?"

"The Benavídez."

It wasn't necessary for him to tell me more. For some months Elacio had been paying court to Erlinda Benavídez. He had her reeling. She ate him up by telephone. She buried him in letters. She shot him down with telegrams. She gave him all sorts of presents, including the teeth of the saints. I think she even threatened him.

This was nothing new. With one exception. Erlinda had four brothers. Her brothers were real bandits. Gun toters, almost outlaws. Among us nobody plays with our women, nobody fools around with them. It's a family matter. It's a matters of honor. If the woman has four brothers who are bandits, gun toters and near murderers, then one plays around much less.

Well, the four brothers trapped my friend Elacio and recited the rosary of the race to him. They did it with the appro-

—Es muy sencillo.—le contesté con crueldad.—Te casas o te matan.

—Ni me caso, ni me matan,—dijo él, sin convencer a nadie. Después me contó cómo se salió de este apuro. Lo primero que hizo es ir y hacer las paces con la endemoniada familia de la angelical Erlinda. Luego puso en operación su campaña de liberación.

Empezó a visitar con frecuencia para el encanto de todos. Luego aplicó lo inesperado. Largas disertaciones técnicas sobre temas de biología y las demás de las ciencias naturales. Tanto los temas como el vocabulario les pasaban a sus oyentes por tan alto que los dejaban lelos y les producían un susurro y viento que sólo despertaban tedio y sueño. La estudiada monotonía, el preparado fastidio tenían el esperado efecto: ojos bizcos y bostezos.

Erlinda fue generosamente dotada de cosas biológicas y otras cosas naturales pero sus dotes intelectuales eran estrechamente reducidos. La actividad cerebral de su prometido la dejaba sumamente abatida y completamente aburrida. Cuando Elacio por fin se iba toda la familia se lo agradecía.

Cuando estaban solos era peor. Elacio se puso a proponerle a su prometida un presupuesto espantoso, propio para asustar a una Carmelita descalza. Por los primeros cinco años no comprarían ropa, entregarían su coche nuevo por uno más modesto, comerían carne una vez por semana, de restaurantes y clubes nocturnos, ni pensar. Todo con intención de ahorrar dinero para la educación de sus hijos y para su vejez. Hay quien disfrute de la luna de miel sin matrimonio. Esto era soltar a su demonio de matrimonio sin haber gozado nunca una luna de miel. Había más. Vivirían con la mamá de Elacio. Se casarían en la iglesia protestante. Si iban a una fiesta o a un baile, Elacio le hablaba de todo esto exclusivamente, hasta se lo susurraba al oído mientras bailaban.

Para una chica romántica, distraída y mimada, esto era entrar en un purgatorio sin salida y sin cielo. Decir que la flor del amor de Erlinda se marchitó es no decir nada. Los colores de su porvenir se hicieron negros y grises.

priate noises and gestures to convince my friend of the error of his ways and to convert him to the road of salvation.

"What am I going to do, Alex?"

"It's very simple," I answered cruelly. "You marry her or they kill you."

"I won't marry her, and they won't kill me," he said, without convincing anyone.

Later he told me how he got out of this jam. The first thing he did was make peace with the bedeviled family of the angelical Erlinda. Then he put into operation his campaign of liberation.

He began to visit the family frequently to the delight of all. Then he put into play the unexpected. Long, technical dissertations on biological themes and the other natural sciences. The themes as well as the vocabulary were so far over the heads of his listeners that they left them stupefied and produced a whisper and a breeze that only aroused boredom and sleep. The studied monotony, the prepared tedium had the desired effect: glazed eyes and yawns.

Erlinda was generously endowed with biological things and other natural things but her intellectual endowments were limited to say the least. The cerebral activity of her fiance left her completely tired and bored. When Elacio finally went home the family appreciated it.

When they were alone it was worse. Elacio set out to propose to his fiancée a budget so frightening that it would have alarmed a barefoot Carmelite. For the first five years they wouldn't buy any clothes, they would turn in his new car for a more modest one, they would eat meat once a week, no restaurants, no nightclubs. All of this with the intention of saving money for the education of their children and for their old age. There are those who enjoy honeymoons without the benefit of marriage. This was jumping into a hell of a marriage without ever enjoying a honeymoon. There was more. They would live with Elacio's mother. They would get married in a Protestant Church. If they went to a fiesta or a dance, Elacio spoke about

—Elacio, tú has cambiado.

—¿Cómo así, mi vida?

—Es que te has puesto tan serio. Ya no nos divertimos.

—Vida mía, el matrimónio es cosa seria. Tenemos que tomarlo en serio.

Elacio empezó a llevar a Jimmy Ortega, un joven profesor, compañero nuestro, cuando iba a ver a Erlinda. Su pretexto era que tenía miedo quedarse dormido manejando. Jimmy y Erlinda eran de la misma edad.

Cuando Elacio se ponía más pesado con sus células y amibas, Erlinda y Jimmy se miraban—desinteresadamente al principio, y sumamente aburridos. Las miradas se fueron poniendo más intensas y más furtivas. Con el tiempo ya estaban haciéndose ojitos abiertamente. Elacio miraba todo esto y se hacía el de la vista gorda. Terminaba la larga velada con una discusión a fondo sobre los cromosomas.

Terminaron los telefonazos. Cesó la lluvia de cartas y telegramas. Se acabaron los regalos. Las visitas de Elacio se espaciaron más y más. Jimmy se perdía misteriosamente con frecuencia.

Así murió ese amor. Nadie lo lamentó. Todo el mundo lo festejó. El asesino y yo celebramos el crimen bailando en la boda de Erlinda y Jimmy.

Poco después nos encontramos Elacio y yo en la Kasa KK tomando una copa. Nos atendió la segunda y joven esposa de Féliz. Recién casada. Lo primero que hace Elacio es cantarle una copla de una canción muy popular entonces: "Hoy que vuelvo te encuentro casada. ¡Ay que suerte infeliz me tocó!"

Ella se puso tiesa. Lo miró intensamente por un largo rato. En silencio le saltaron las lágrimas a los ojos y le corrieron lentas por las mejillas. Por fin en una voz que apenas se oía le dijo, "¿Por qué no me dijiste?"

Siguió un largo silencio. Luego, en un arrebato de llanto, salió corriendo. Yo saqué a Elacio a empujones. Cuando salimos . . .

—Elacio, ¿Cuándo vas a aprender?

these things exclusively; he even whispered these things in her ear as they danced.

For a romantic, frivolous and spoiled girl this was like entering a purgatory without a way out and without a heaven. To say that the flower of Erlinda's love wilted is not to say anything. The colors of her future became black and gray.

"Elacio, you have changed."

"How so, my love?"

"It's that you have become so serious. We don't have any fun any more."

"My love, matrimony is a serious thing. We have to take it seriously."

Elacio began to take Jimmy Ortega, a young teacher and a friend of ours, with him when he went to visit Erlinda. His pretext was that he was afraid of falling asleep driving. Jimmy and Erlinda were the same age.

When Elacio became the dullest with his cells and amoebas, Erlinda and Jimmy would look at each other—casually at first, and utterly bored. The looks became more intense and more intentional, and more furtive. In time they were winking at each other openly. Elacio saw all of this and pretended that he didn't. He would finish the long evening with a discussion in depth on chromosomes.

The telephone calls stopped. The rain of letters and telegrams ceased. No more presents. Elacio's visits were spaced more and more. Jimmy would frequently disappear mysteriously.

That love died that way. No one cried over its death. Everyone rejoiced over it. Its murderer and I celebrated the crime dancing at the wedding of Jimmy and Erlinda.

Sometime later Elacio and I found ourselves in the Kasa KK having a drink. Felix's young wife waited on us. Newly wed. The first thing Elacio does is sing her a couplet of a song that was very popular then: "Today when I return I find you married. Ay, how wretched my fortune is!"

She stiffened. Looked at him intensely for a long time.

—Es que yo no pensé que . . .

Así era. Elacio era Elacio todo el día, todos los días.

Cuando él quiso se casó con quien quiso porque quiso. Volvió a la montaña, que en realidad nunca había abandonado. Es pastor otra vez. Sus ovejas son estudiantes. Las protege como antes. Sus conferencias de biología ahora son interesantes. No creo que haya ahorrado dinero como un día se propuso en broma seria. Sé que todavía guarda aquel trasfondo de buen humor y picardía, disfrazado sí, pero que lanza destellos inesperados.

Elacio, yo aprendí mucho de ti, y a veces me ha sido muy útil. Gracias, hermano.

Silently the tears flooded her eyes and ran down her cheeks slowly. Finally, in a voice that could scarcely be heard: "Why didn't you say something?"

A long silence followed. Then in a paroxysm of tears she fled. I shoved Elacio out of there. When we were outside . . .

"Elacio, when are you going to learn?"

"It's that I didn't think that . . ."

That's the way he was. Elacio was Elacio all day long, every day.

When he wanted to, he married the one he wanted, because he wanted to. He returned to the mountains, which in truth he had never left. He's a shepherd once again. His sheep are his students. He protects them as before. His lectures on biology are now fascinating. I don't think he ever saved money as he planned to do one day in a very serious joke. I know that he still has that background of good humor and roguishness, disguised, yes, but which shoots out unexpected sparks.

Elacio, I learned a lot from you. Sometimes it has been useful. *Gracias, hermano.*

LA KASA K K

Se llamaba Feliberto Casías. Era pelirrojo, alto, blanco, y bien pecoso. Le decían "el Colorado." Se casó con una india Apache de El Dulce, linda como ella sola. Si fueron o no fueron felices, no sé, además no importa saberlo para nuestro cuento. Tuvieron sólo un hijo, que también se llamaba Feliberto. El hijo les salió indio cabal, con mucho de su mamá, y nada, al parecer, de su papá. Desde niño la gente empezó a llamarle "el Apache."

Leonila Sánchez era una de las muchachas más bonitas de Los Ojos, y también era pelirroja. Por esas peripecias de la vida se casó con un indio de Chamita. Tuvieron sólo una hija, a quien le dieron el nombre de Teófila. La hija les salió toda india. Desde niña la gente empezó a llamarle "la India."

Feliberto y Leonila habían sido los solteros más procurados por los padres de hijos casaderos, y desde luego, los más populares entre los jóvenes. Sin embargo, los dos eligieron pasarse el otro bando. Aquello de que los contrarios se atraen parece tener algún mérito.

Al pasar el tiempo, acaso por las circunstancias que les unían, ¿quién sabe por qué, Feliberto, el Apache, y Teófila, la

LA KASA K K

His name was Feliberto Casías. He was red-headed, tall, white and generously freckled. People called him "Red." He married an Apache Indian from El Dulce, as pretty as she could be. Whether they were happy or not I don't know, besides it makes no difference for our story. They had only one son. His name was Feliberto too. The son came out a complete Indian, with a lot of his mother in him, and nothing, it seemed, of his father. From childhood people called him "El Apache."

Leonila Sánchez was one of the prettiest girls of Los Ojos, and she was a redhead also. Through one of those accidents of life she married an Indian from Chamita. They had only one daughter whom they called Teófila. The daughter turned out to be all Indian. From childhood people called her "la India."

Feliberto and Leonila had been the most sought after bachelors by the parents of marriageable children, and of course, the most popular among the young people. Nevertheless, both of them chose to go to the other side. That old saw that opposites attract each other appears to have some merit.

As time went by, perhaps because of the circumstances

india, llegaron a quererse. Se casaron. ¡Qué boda! Fue una congregación de greñas y pieles rojas.

Este matrimonio iba a darle que hablar a todo el condado de Río Arriba y a volver loco a cualquier científico de cosas hereditarias. Esta pareja de indios tuvo tres hijos. Todos pelirrojos, altos y blancos, y bien pecosos.

¿Qué pasó? ¿Por qué en una generación toda la prole sale india, y en la siguiente toda sale española? Los expertos dirán que esto no es posible. Yo no me meto en esas cosas. Yo sólo cuento lo que pasó.

El mayor de los hijos se llamaba Félix. Era además el más listo y atrevido de los tres. Cuando creció abandonó el pueblo y se fue de aventuras. Nadie supo nada cierto de él por muchos años. Decían que había hecho fortuna por esos mundos.

Un día Félix Casías volvió a Tierra Amarilla. Recién casado. Su esposa se llamaba Sally. Todo el pueblo los recibió con los brazos abiertos. Félix se merecía el cariño y el respeto de todos. Todos los hombres se enamoraron de Sally de inmediato. Y con razón. Alta, altiva y alegre, se ganó las simpatías de todos.

Abrieron un restaurante. Le pusieron el nombre de Casa Casías. Félix cocinaba y Sally atendía al público. Como la comida, el servicio y la compañía eran lo mejor que se había visto por allí pronto hicieron fortuna. La Casa Casías se convirtió en el centro social de toda la comarca. Allí venían todos los oficinistas de la Casa de Cortes, los oficiales de estado, los extranjeros, cazadores y pescadores que pasaban por el pueblo, las familias de pro que antes no habían tenido a donde ir. Y una cosa nueva. Por primera vez los indios de la Reserva de los Apaches y de los Pueblos empezaron a frecuentar un restaurante nuestro. Todos eran recibidos con alegría y cortesía y servidos con todas las atenciones.

Sally hablaba un inglés muy raro, con un acento español que se podía doblar. Se oían cosas como ésta:

—¿Qué quisiera comer?

—¿Qué hay?

that united them, who knows why, Feliberto, el Apache, and Teófile, la India, came to love each other. They were married. What a wedding! It was a congregation of redheads and redskins.

This marriage was to give the whole county of Rio Arriba something to talk about and to drive every expert on heredity insane. This Indian couple had three sons. All redheaded, tall and white and generously freckled.

What happened? Why are all the children Indian in one generation and Spanish in the next? The experts may say that this isn't possible. I don't get involved in those things. I only tell what happened.

Félix was the oldest of the sons. He was also the smartest and boldest of the three. When he grew up he left town in search of adventure. No one heard anything about him for many years. People said that he had made a fortune out there.

One day Félix Casías came back to Tierra Amarilla. Newly wed. His wife's name was Sally. The whole town received them with open arms. Félix deserved the affection and the respect of all. All the men fell in love with Sally immediately. And rightly so. Tall, elegant and lighthearted, she won the affection of everyone.

They opened a restaurant. They called it Casa Casías. Félix cooked, and Sally waited on the public. Since the food, the service and the company were the best that had ever been seen there, they soon prospered. La Casa Casías became the social center of the entire region. There went the officials of the court house, state officials, strangers, hunters and fishermen passing through town, the important families that had no place to go before. For the first time the Indians of the Apache Reservation and the Pueblos began to frequent one of our restaurants. Everyone was received with cheerfulness and courtesy and served with every attention.

Sally spoke a weird English with a Spanish accent that could be folded. One heard things like this.

"What would you like to eet, sir?"

—Lambes tú (lamb stew).

—Vale más que lambas tú.— (Allá arriba dicen "lamber" en vez de "lamer.") La risa era general. Sally se reía más que nadie. Alguien intervenía a dar lecciones de pronunciación. Los esfuerzos, fruncidos y pucheros de Sally para producir un "lamb stew" auténtico resultaban aun más divertidos.

Una vez llegó una caravana de coches oficiales al restaurante. Era una comisión investigadora de algo. Sally les atendió con el donaire de siempre. Comieron a su gusto, admirados, todos, con la belleza y personalidad de esta mujer de campo. Cuando llegó el momento de partir, Sally les anunció la partida con un gesto de bailarina de balet: "All abroad!" Los señores se fueron con una sonrisa en la boca, un contento total por dentro y una firme decisión de volver. Era tan guapa, tan mona y tan vivaracha que esos disparates tenían un encanto muy especial. Debo decir que Sally era mucho menor que Félix.

Félix, conciente del nuevo concepto de publicidad que empezaba a llegar a Tierra Amarilla, le cambió el nombre al local de Casa Casías a Kasa Kasías, y lo afirmó con un gran letrero. Yo no sé por qué lo hizo. El sabía como somos nosotros. Para poner motes no nos gana nadie. Ya lo he indicado. A feliberto le llamaban el Apache. A Teófila, la India. Así no se pasaba nadie. Cada quien tenía su apodo. Algunos que recuerdo: Paleta, Mojado, Cuinche, Chapulín, Juan P., Micky Mouse, Hígado, Bestia, Rústico, Chile Lini. Félix debió haberlo anticipado. Primero unos pocos, después, casi todos empezaron a llamarle a su establecimiento, La Casa K K, con dos pronunciaciones. En inglés sale "queque"; en español sale "caca."

El negocio seguía creciendo. Félix añadió una cantina y un salón de baile. Más tarde, un motel. Otra vez, nuevos nombres. Al restaurante le dió el nombre de K-Sol. El rótulo era un radiante sol con una tremenda K dentro. A la cantina, con su salón de baile, la llamó K-Luna. Su rótulo era una media luna boca arriba con una K encajada encima; parecía una mecedora. Al motel le dió el nombre de Kasías Kotel. Hubo quien le cambiara la "l" a "x." Todo esto fue por demás. Todos siguieron llamando al lugar la Casa K K.

"Whatta ya got?"

"Lambes tú (lamb stew)."

"It's better for you to do the licking." (Up there they say "lamber" instead of "lamer," to lick.) The laughter was general. Sally laughed more than anyone else. Somebody would intervene to give lessons in pronunciation. Sally's efforts, puckering and panting to produce an authentic "lamb stew" were even more amusing.

Once a caravan of official cars stopped at the restaurant. It was an investigating committee of something. Sally waited on them with the gracefulness of always. They ate with pleasure, all of them amazed at the beauty and personality of this country girl. When it was time for them to leave, Sally announced the departure with a gesture of a ballet dancer: "All abroad!" The gentlemen left with a smile on their lips, a complete contentment within and a firm decision to return. She was so pretty, so cute and so lively that these linguistic blunders had a very special charm.

Félix, conscious of the New Concept of advertising that was beginning to hit Tierra Amarilla, changed the name of his place from "Casa Casías" to "Kasa Kasías" and affirmed it with a great big sign. I don't know why he did it. He knew how we are. Nobody beats us when it comes to giving sassy nicknames. I have already pointed it out. Feliberto was "el Apache." Teófila, "la India." No one escaped. Everyone had his nickname. Some that I remember: "Popsicle," "Mr. Wet," "Cuinche," "Grasshopper," "Juan P.," "Micky Mouse," "Liver," "Rustic," "Chile Line." Félix should have anticipated it. First a few, then almost everybody, started calling his establishment, with two pronunciations. In English it came out "queque" (cake): in Spanish it came out "Caca" (polite word for excrement).

The business kept growing. Félix added a *cantina* and a dance hall. Later, a motel. Again, new names. He called the restaurant "K-Sol." The sign was a radiant sun with a tremendous "K" inside. He called the *cantina* with its dance hall "K-Luna." Its sign was a half-moon on its back with a K on top of it: it looked like a rocking chair. He called the motel "Kasías Kotel."

Las cosas no podían ir mejor. Donde Félix y Sally ponían la mano brotaba el oro. Manos limpias porque ya ni el uno ni el otro se ensuciaba las manos. Los dos se dedicaban a la administración del negocio, a la política local y estatal, y a hacer el papel de gente importante.

Pero cuanto más lucían las cosas por fuera más se apagaban por dentro. El matrimonio iba de mal en peor. No se supo nunca por qué.

Tal vez la prosperidad es enemiga del amor. Acaso la divergencia de edad. Es posible que Sally quisiera hijos pelirrojos, altos, blancos y bien pecosos, y Félix sólo le daba hijos indios. ¿Quién sabe? Lo cierto es que un día Sally desapareció con sus hijos y nunca volvió.

Félix siguió solo. Pero ya nada era igual. El alma del lugar se había escapado. El K-Sol, la K-Luna y el Kotel empezaron a morirse poco a poco ante nuestros ojos.

Más adelante Félix se casó con Matilde Córdova, hija de una de las familias más importantes del valle. Matilde era joven, elegante y presumida. Este enlace fue un desastre. Creo que ella esperaba ser otra Sally, y eso no era posible. Creo que él andaba buscando otra Sally, y no había otra Sally en el mundo entero.

Resultó que Félix desapareció un día y nunca volvió. Me figuro que se fue a buscar a su Sally y su Kasa K K del recuerdo y de la ilusión.

Si hoy van ustedes a Tierra Amarilla verán los huesos blanquizcos de la Kasa K K, asolados y asoleados por el tiempo, el sol y el descuido. Tierra Amarilla está llena de cenizas, secretos y esqueletos de algo luminoso y vivo que fue y ya no es.

There were those who changed the "l" to "x." All of this was for naught. Everybody continued calling the place "La Kasa K K."

Things couldn't be better. Where Félix and Sally placed their hands gold burst out. Clean hands now because neither he nor she dirtied their hands any more. Both of them dedicated themselves to the administration of the business, local and state politics and to playing the role of important people.

But the more things shone on the outside the darker they got on the inside. The marriage was going from bad to worse. No one knew why.

Perhaps prosperity is an enemy of love. Maybe the difference in age. Maybe Sally wanted sons that were redheaded, tall, white and generously freckled, and Félix gave her Indian children only. Who knows? The fact is that Sally disappeared one day with her children and never returned.

Félix carried on alone. But nothing was the same anymore. The soul of the place was gone. The K-Sol, the K-Luna and the Kotel began to die little by little before our eyes.

Later on Félix married Matilde Córdova, the daughter of one of the most important families of the valley. Matilde was young, elegant and conceited. This marriage was a disaster. I think she expected to be another Sally, and that wasn't possible. I think he was looking for another Sally, and there wasn't another Sally in the whole world.

What happened was that Félix disappeared one day and never returned. I imagine he went out to search for his Sally and the Kasa K K of his memories and illusions.

Tierra Amarilla is full of ashes, secrets and skeletons of something luminous and alive that used to be and no longer is.

MANO FASHICO

Quisiera presentarles a unos amigos de mi juventud que me endulzaron y enriquecieron la vida entonces y que ahora recuerdo con todo cariño. Digo que son amigos míos, pero en verdad son amigos de toda esa gente del norte. Todos les debemos tantas horas de entretenimiento y divertimiento, tantas risas y sonrisas, tanta sal y tanta gracia.

Son amigos que nacieron en la novela picaresca en España. Otros nacieron en cuentos humorísticos en este rincón del nuevo mundo. Son personajes ficticios de largo abolengo castizo y pobladores del rico mundo del folklore nuevomexicano. Amigos inolvidables como Pedro de Urdemales, Bertoldo, Bertoldino, Cacaseno, Mano Fashico, don Cacahuate y doña Cebolla.

En las largas noches de invierno se contaban estos cuentos en familia, los más decentes. En verano en el campo los pastores y vaqueros contaban los indecentes. Eran cuentos sin fin que hacían volar las largas horas de ocio. Yo los escuchaba fascinado y me reía hasta por las orejas. Después, al acostarme fantaseaba largo en el mundo absurdo y gracioso de estos pícaros graciosos y atrevidos.

MANO FASHICO

I would like you to meet some friends of my youth who sweetened and enriched my life then and whom I remember how with deep affection. I say they are friends of mine, actually they are the friends of all those people of the north country. We all owe them so many hours of amusement and entertainment, so many laughs and smiles, so much wit and so much fun.

They are friends who were born in the picaresque novel in Spain. Others were born in humorous stories in this corner of the new world. They are fictitious characters with a long, native tradition and inhabitants of the rich world of New Mexican folklore. Unforgettable friends like Pedro de Urdemales, Bertoldo, Bertoldino, Cacaseno, Mano Fashico and don Cacahuate y doña Cebolla.

In the long winter nights the most decent of these stories were told in the family. In the summer, in the country, the sheepherders and cowboys told the indecent ones. The stories were endless which made the idle hours fly. I would listen to them in fascination and would split a gut laughing. Later, when I went to bed, my fancy would roam through the absurd and funny world of these bold and funny rogues.

Primero quiero contarles uno de Pedro de Urdemales. Al parecer Pedro era el criado del cura. Todas las noches le preparaba un pollo para la cena. Una noche después de la cena el cura llamó a Pedro y con muy mala cara le habló fuerte.

—Pedro, estoy muy enojado contigo.

—¿Por qué, señor cura?

—Porque eres un malvado, un sinvergüenza.

—Pero ¿qué he hecho, señor cura?

—Confiésalo y te irá menos mal.

—Pero, señor, ¿qué?

—Que hace días me has estado robando una pierna del pollo.

—Ah, comprendo. Usted se ha fijado que el pollo que le sirvo todas las tardes tiene sólo una pierna.

—Eso es, ladrón.

—No me eche la culpa a mí, señor cura. Es que en esta tierra todos los pollos tienen solamente una pierna.

—Cállate, majadero. No te contentas con ser ladrón sino que eres embustero también.

—Le juro que . . .

—¡No uses el nombre de Dios en vano, condenado! ¿A lo de ladrón y mentiroso quieres añadir lo de blasfemo? Dios te va a castigar y yo también.

—Yo le estoy diciendo la verdad, su excelencia. Si no me cree venga conmigo al gallinero y verá que me ha acusado injustamente.

Pedro llevó al cura al gallinero que estaba bien oscuro, claro. Allí con la luz confusa de una vela el señor cura vió a todas las gallinas subidas en sus perchas. Era verdad lo que Pedro le había dicho. ¡Los gallos, gallinas y pollos tenían solamente una pata! (Ustedes saben que por alguna razón inexplicable las gallinas esconden una pata debajo del ala para dormir).

El cura quedó convencido y Pedro siguió soplándose una pierna de pollo para la cena todos los días por la gracia de Dios.

Ese es uno de los decentes. Aquí les va uno no tan decente. Lo digo por si alguien, por pudores, quiere saltárselo.

First I want to tell you a story of Pedro de Urdemales. It seems Pedro was the servant of the priest. Every evening he prepared chicken for supper. One night after supper the priest called Pedro and with a fierce look in his eyes he spoke harshly to him.

"Pedro, I am very angry with you."

"Why, señor Cura?"

"Because you are a scoundrel and a knave."

"But what have I done, señor Cura?"

"Confess and you'll be better off."

"But, señor, what?"

"That for days you've been stealing one drumstick from my chicken."

"Ah, I understand. You've noticed that the chicken I serve you every evening has only one drumstick."

"That's it, thief."

"Don't blame me, señor Cura. It's that in this country the chickens have only one leg."

"Shut up, you whippersnapper. You are not satisfied with being a thief and you want to be a liar too."

"I swear that . . ."

"Don't use the name of the Lord in vain, darn you! Do you want to add blasphemy to thieving and lying? God is going to punish you, and I am too."

"I am telling you the truth, your excellency. If you don't believe me, come with me to the henhouse, and you will see that you have accused me unfairly."

Pedro took the priest to the henhouse which was quite dark, naturally. There by the dim light of a candle the priest saw all the chickens on their perches. What Pedro said was true. The roosters, the hens and the pullets had only one leg! (You know that for some unexplained reason chickens pull up one leg and hide it under their wings to sleep.)

The priest was convinced and Pedro continued gulping down a drumstick for supper every day, by the grace of God.

This is one of the decent ones. Here goes one that is not so

En otra ocasión el cura y Pedro iban de viaje, a pie, como Dios manda. El cura iba adelante muy callado, seguramente meditando sobre su sermón o el evangelio. Me han dicho que los curas meditan sobre esas cosas exclusivamente. Pedro iba atrás cargando con un tremendo cesto, la merienda que había preparado para el cura.

De vez en cuando el cura soltaba un fuerte pedo. Esto puede parecer indecente e indecoroso a primera vista. Pero si pensamos un momento no resulta tan mal. Al fin y al cabo el cura estaba en campo abierto, al aire libre. Estaba casi solo. Los únicos testigos a sus explosiones de aire eran Dios Todopoderoso, la madre naturaleza y Pedro de Urdemales. Dios está por encima de esas cosas. De modo que no hay ofensa alguna allí. La madre naturaleza está por debajo de esas cosas y dispuesta a todo. De modo que allí tampoco hay afrenta. Pedro está detrás de esas cosas. A Pedro de Urdemales no lo toma en cuenta ni Dios, ni la madre naturaleza, ni el cura. De modo que él no importa, y nadie lo sabe mejor que Pedro. Sólo hay injuria cuando alguien resulta lastimado. Dejemos, pues, al bendito cura explotar sus bombas a su gusto.

Cada vez que el cura soltaba un pedo, le decía a Pedro, "¡Sóplate ese huevo, Pedro!" Y soltaba una carcajada, gozando de su ingenio desvergonzadamente. Pedro no contestaba nada pero metía la mano en el cesto de la merienda y se soplaba un huevo cocido.

Al acabarse la docena de huevos preparados llegó el mediodía. El cura buscó una buena sombra al lado del río y se dispuso a comer. Ya hacía rato que venía pensando en los buenos huevos duros que se iba a comer. Anduvo buscando en el cesto algo que no pudo encontrar.

—Pedro, ¿dónde están los huevos?

—¿Qué huevos?

—Los que preparaste para el viaje, buen idiota.

—Me los soplé, padre.

—Pero demonio, ¿cómo te atreviste a hacer eso?

—Su excelencia, usted me dijo que me los comiera.

decent. I say this just in case someone wants to skip it for modesty's sake.

On another occasion the priest and Pedro were on a trip, on foot, as the Lord intended. The priest walked in front very silently, surely meditating on his sermon or the gospel. I've heard that priests meditate on these things exclusively. Pedro walked behind carrying a large basket, the lunch he had prepared for the priest.

From time to time the priest would let out a big fart. This may seem indecent and indecorous at first sight. But if we think about it for a moment, it doesn't turn out to be so bad. After all, the priest was in the open country, in the open air. He was practically all alone. The only witnesses to his blasts of wind were God Almighty, Mother Nature and Pedro de Urdemales. God is above those things. Therefore there is no offense there. Mother Nature is beneath those things and ready for anything. So there is no insult there either. Pedro is behind those things. Pedro de Urdemales is not taken into account by God, Mother Nature or the priest. So he doesn't matter, and nobody knows it better than Pedro. There is an affront only when someone gets hurt. Let us, then, let the priest explode his bombs at his pleasure.

Everytime the priest let out a fart, he would say to Pedro, "Gulp down that egg, Pedro." Then he would laugh, enjoying his wit shamelessly. Pedro wouldn't answer, but he'd dig into the lunch basket and gulp down a hard boiled egg.

As the dozen boiled eggs came to an end, noon arrived. The priest looked for a cool shade by the river and got ready to eat. He had been thinking for quite a while of the good hard-boiled eggs he was going to eat. He kept on looking in the basket for something he couldn't find.

"Pedro, where are the eggs?"

"What eggs?"

"The ones you prepared for the trip, stupid."

"I gulped them down, father."

"But, you devil, how did you dare to do that?"

—Otra vez con tus mentiras. Esta vez te voy a dar una paliza que no se te olvidará nunca.

—Pero, señor cura, ¿no recuerda que cuando veníamos caminando cada rato me decía, "Pedro, sóplate ese huevo?" Yo, como soy obediente, lo obedecía.

El cura tuvo que conceder que Pedro tenía razón, y quiso que no quiso, tuvo que conformarse con lo que quedó de la ración. Pedro sentía un profundo contento interior, un contento suave y ovalado.

Dejemos a Pedro y pasemos a don Cacahuate y doña Cebolla. Creo que estos dos nacieron por acá porque no tengo noticias de que sean conocidos en otra parte. Pedro viene de una novela picaresca española del siglo diez y siete. Don Caca y doña Cebo son nativos y modernos.

Una noche iban don Cacahuate y doña Cebolla en su motocicleta. Iba doña Cebolla montada detrás de don Cacahuate, como antes lo hiciera en la burra.

Allá lejos vieron los focos de dos motocicletas que venían acercándose rápidamente hacia ellos.

—Mire doña Cebolla, allí vienen dos motocicletas.

—Tenga cuidado don Cacahuate. Estos caminos estrechos son muy peligrosos.

—Pierda cuidado, doña Cebolla, que a manejar no me gana nadie.

—Eso sí, don Cacahuate. Yo confío en usted como en mi Tata Dios.

—Pues confíe, doña Cebolla, porque ha llegado el momento. Ya verá el susto que les voy a dar a esos dos. Voy a apagar mi luz y voy a pasar a oscuras entre los dos como un trueno. Ya verán. De modo que préndase bien, doña Cebolla.

— ¡Adelante, don Cacahuate! que yo le sigo hasta la muerte misma.

Casi cumplió la promesa. El choque fue para despertar a los muertos. No eran dos motocicletas sino un inmenso camión. Tuvieron que recoger a don Cacahuate y a doña Cebolla con una

"Your excellency, you told me to eat them."

"Once again with your lies. This time I'm going to give you a beating you will never forget."

"But, señor Cura, don't you remember that when we were coming down the road every little while you would say to me, 'Gulp down that egg!' Since I am obedient, I obeyed you."

The priest had to admit that Pedro was right, and whether he wanted to or not, he had to be satisfied with what was left of the lunch. Pedro felt a deep satisfaction inside, a smooth and oval satisfaction.

Let us leave Pedro and pass on to don Cacahuate and doña Cebolla. I believe that these two were born in these parts because I have no knowledge that they are known anywhere else. Pedro comes from a Spanish picaresque novel of the seventeenth century. Don Caca and doña Cebo are natives and modern.

One night don Cacahuate and doña Cebolla were riding on their motorcycle. Doña Cebolla was riding behind don Cacahuate as she used to ride on the burra.

In the distance they saw the lights of two motorcycles that were coming rapidly towards them.

"Look, doña Cebolla, two motorcycles are coming."

"Be careful, don Cacahuate. These narrow roads are very dangerous."

"Don't worry, doña Cebolla, when it comes to driving nobody can beat me."

"That's right, don Cacahuate. I have as much faith in you as in the good Lord."

"Well, keep the faith, doña Cebolla, because the time has come. You're going to see what a scare I'm going to put into these two. I'm going to turn off my lights and shoot between those two like thunder. They'll see. So, hold on doña Cebolla."

"Right on, don Cacahuate! I'll follow you all the way to death itself."

She almost kept her promise. The crash was enough to wake the dead. It wasn't two motorcycles but an immense bus.

escoba. No se murieron porque Dios es bueno y porque hacían falta para otro cuento.

Al fin llegamos a Mano Fashico (hermano Francisco), el más popular de los arquitectos de la risa. La ristra de sus autóctonos cuentos no tiene fin. Son cuentos simplones muy parecidos a los *moron jokes* del inglés. Voy a contarles algunos.

Parece que venían tres Manos Fashicos de alguna parte donde habían estado trabajando. Traían mucho dinero. Cuando se les hizo noche camparon bajo un árbol entre unas piedras grandes. Hicieron una gran fogata e hicieron de comer.

Después de la cena estaban los Manos Fashicos muy alegres contando cuentos cuando los atacaron unos ladrones.

Los ladrones mataron a uno de ellos. Uno se subió en el árbol y se escondió allí. Otro se escondió detrás de una piedra.

Uno de los ladrones se quedó mirando el cadáver a la luz del fuego y dijo, " ¡Qué sangre tan colorada tiene este Mano Fashico!"

"¿Cómo no ha de tener la sangre colorada si se pasó la tarde comiendo moras?" dijo el Mano Fashico que estaba escondido en el árbol. Los ladrones pronto lo cogieron y lo mataron.

Terminada su nefasta obra, uno de los ladrones dijo, "Qué Mano Fashico tan tonto, si se hubiera quedado callado, no lo habríamos hallado." Entonces habla el último Mano Fashico de allá detrás de la piedra, temblando de miedo, " ¡Qué buena suerte que yo me quedara callado!"

Y si creen que ése es malo aquí les va otro.

Estaba Mano Fashico subido en un árbol corta que corta un brazo. Lo curioso era que él estaba sentado en el lado de afuera del brazo.

Pasa un señor, ve aquello, comprende la situación y le ofrece un consejo a Mano Fashico.

—Mano Fashico, se va a caer.

—¿Cómo sabe usted que me voy a caer? ¿Qué usted es Dios?

—No, no soy Dios, pero usted se va a caer.

—Bueno, ya que sabe tanto, dígame cuando me voy a morir.

They had to sweep up don Cacahuate and doña Cebolla with a broom. They didn't die because God is good, and because they were needed for another story.

We finally get to Mano Fashico (hermano Francisco), the most popular of the autochthonous architects of laughter. There is no end to the string of his stories. They are ingenious stories, very similar to the English moron jokes. I'm going to tell you a few.

It seems that three Manos Fashicos were coming from somewhere where they had been working. They had a lot of money. When night fell they made camp under a tree among some big rocks. They made a big fire and made supper.

After supper the Manos Fashicos were very happy telling stories when they were attacked by bandits.

The bandits killed one of them. One climbed the tree and hid there. The other hid behind a rock.

One of the bandits kept staring at the corpse by the light of the fire and said, "The blood of this Mano Fashico is really red!"

"Why shouldn't he have red blood? He spent all afternoon eating strawberries," the Mano Fashico hiding in the tree blurted out. The bandits promptly grabbed him and killed him.

When their nefarious task was over, one of the bandits said, "How stupid of Mano Fashico. If he had kept his mouth shut, we wouldn't have found him." At that time the last Mano Fashico hiding behind the rock, trembling with fear speaks out, "It's a good thing I kept my mouth shut!"

If you think that one is bad, here's another one.

Mano Fashico was up a tree happily sawing a branch. The funny thing was that he was sitting on the outside of the branch.

A man went by, sees what's going on, understands the situation and offers Mano Fashico some advice.

"Mano Fashico, you're going to fall."

"How do you know that I'm going to fall? Are you God?"

"No, I'm not God, but you're going to fall."

—Mano Fashico, usted se va a morir al tercer quejido de su burra.

—Ah, déjeme solo. Usted está más loco que una cabra.

El hombre siguió su camino y Mano Fashico siguió serruchando. Ocurrió lo que tenía que ocurrir. Cuando llegó el momento, el brazo se quebró y Mano Fashico cayó al suelo como había prognosticado el hombre.

Allí en el suelo, contemplando el indiferente cielo Mano Fashico se pone pensativo. ¿Cómo pudo saber ese hombre que me iba a caer? Tiene que ser Dios. Dicen que algunas veces Dios toma la forma de un hombre para venir a ver lo que anda haciendo la gente. Y me dió muy corto plazo de vida. Será por la mala jugada que le hice a mi compadre con mi comadre. Tal vez por las empanadas que le robé a mi cuñada. ¿Las travesuras que le he hecho al cura?

Se montó en su burra y siguió recitando el rosario de sus pecados. Se ponía cada vez más serio, más melancólico. En estas cavilaciones iba cuando se quejó la burra la primera vez.

"Me quedan dos," pensó, verdaderamente aterrado ahora. Se acordó de su Fashica y sus Fashiquitos y de lo que llorarían por él. Le empezaron a correr las lágrimas.

El segundo quejido de la burra cayó en su conciencia como un golpe. Pánico. "¡Me queda sólo uno! Dios mío, no vuelvo a tocar a mi comadre. Dejo las empanadas para siempre. Ni una sola locura con el cura." Desesperado, se confesaba, prometía y rezaba.

El tercer quejido fulminó a Fashico. Cayó muerto al lado del camino. La burra siguió sola y pronto se perdió de vista. La historia no cuenta si más tarde la burra fue responsable de la repentina despedida de esta vida de otro Mano Fashico.

Ya noche tocó que dos forasteros llegaron a un cruce de caminos y no sabían cuál de los dos tomar para llegar al pueblo. Uno decía que uno y el otro decía que el otro. La discusión duró largo rato.

De repente y de sorpresa sale una voz de ultratumba, lastimera y sepulcral de entre las hierbas al lado del camino. "Pues

"O.K. Since you know so much, tell me when I'm going to die."

"Mano Fashico, you're going to die when your burra grunts three times."

"Ah, leave me alone. You're crazier than a goat."

The man went on his way and Mano Fashico kept on sawing. What had to happen, happened. At the appropriate moment the branch broke and Mano Fashico fell to the ground just as the man had foretold.

There on the ground, contemplating the indifferent sky, Mano Fashico became pensive. How could that man know that I was going to fall? He must be God. They say that sometimes He takes the form of a man to come and see what the people are doing. And he gave me a short time to live. It must be because of the dirty trick I played on my *compadre* with my *comadre,* or the meat pies I stole from my sister-in-law. The pranks I've played on the priest.

He got on his burra and continued reciting the rosary of his sins. He became more and more serious, more and more melancholy. He was submerged in these thoughts when his burra gave out the first grunt.

"I have only two left," he thought, really terrified now. He remembered his Fashica and his little Fashiquitos and how they would cry for him. The tears rolled down his cheeks.

The second grunt of his burra fell on his conscience like a blow. Panic. "I have only one left! Dear Lord I will never touch my *comadre* again. I'll give up meat pies forever. Not a single prank on the priest." Desperate, he promised, confessed and prayed.

The third grunt fulminated Fashico. He fell dead by the side of the road. His burra kept on going alone and soon was out of sight. History does not record whether or not his burra was ever guilty again of the sudden departure of another Mano Fashico from this life.

It also happened that that night two strangers came to a road crossing and they didn't know which of the two to take to

cuando yo estaba vivo, se iba al pueblo por el camino de la derecha."

Hubo un silencio total. Luego una polvareda total. Finalmente una soledad cabal. En la oscuridad Mano Fashico siguió viviendo su muerte o muriendo su vida solito y su alma.

Si todo esto les parece poco, aquí les va otro.

Dos Manos Fashicos salieron a cazar berrendos. Nunca habían visto un berrendo. Lo único que sabían de este animal era que tenía cuernos y que la gente de pro salía a cazarlos.

Anduvieron y anduvieron y nada de berrendos. Ya tarde, muy desanimados, se decidieron volver a casa. De pronto llegaron a un chapulinar. Los chapulines saltaban delante de ellos como olas del mar.

Uno de los Fashicos se queda mirando fascinado cuando notó que los chapulines tenían cuernos y empieza a gritar muy excitado. "¡Mano Fashico, Mano Fashico, berrendos!" El otro se fija y grita, igualmente excitado, "¡Berrendos hasta pa' tirar pa' arriba, Mano Fashi!"

Empiezan los dos a disparar por todos lados sin poder darle a ninguno. Los malditos chapulines no se están quietos nunca.

De repente se le para un chapulín a uno de los Manos Fashicos en el pecho, precisamente sobre el corazón. Mano Fashico se petrifica. Ni respira, ni parpadea. ¡Un berrendo quieto al fin!

— ¡Psst! ¡Psst! ¡Mano Fashico, un berrendo!—Apunta con el dedo al inmóvil berrendo en su pecho.

— ¡No se mueva, hermano, por Dios!

El segundo Mano Fashico está temblando de ansias y de anticipación. ¡Qué impacto tendría esto en el pueblo! En silencio le dio Gracias a Dios por ser el mejor tirador del mundo Fashico. Se dominó. Apuntó. Disparó. Y dio en el blanco. Un blanco que pronto se puso blanco de veras. ¡Qué impacto tuvo esto en el pueblo!

Aquí, amigos, terminan las fashiquerías por ahora. Les ruego que si alguna vez encuentran un Mano Fashico por el mundo, trátenlo con cariño que es buena gente.

go to town. One of them said one; the other said the other. The discussion lasted quite a while.

Suddenly a voice from beyond the grave, piteous and sepulchral, came out of the weeds by the side of the road. "Well, when I was alive, the road to town was the one on the right."

There was a fatal silence. Then a total cloud of dust. Finally a complete solitude. In the darkness Mano Fashico kept on living his death or dying his life all by his little lonesome and with his little soul.

If you don't think this is enough, there goes another one.

Two Manos Fashicos went hunting antelope. They had never seen an antelope. The only thing they knew about this animal was that it had horns and that important people went out to hunt them.

They walked and walked and not a single antelope. Late in the afternoon, thoroughly discouraged, they decided to return home. Suddenly they came upon a place boiling with grasshoppers. The grasshoppers opened up in front of them like waves of the sea.

One of the Fashicos looked in fascination when he noticed that grasshoppers have horns and began to shout excitedly, "Mano Fashico, Mano Fashico, antelopes!" The other one notices and shouts equally excited, "Enough antelopes to throw away, Mano Fashi!"

The two begin to shoot everywhere, but they can't hit a single one. The darn grasshoppers don't ever stand still.

Suddenly a grasshopper lands on the chest of one of the Manos Fashicos, right over the heart. Mano Fashico petrifies. He doesn't breathe. He doesn't even blink. A still antelope at last!

"Psst! Psst! Mano Fashico, an antelope!" He points with his finger to the motionless grasshopper on his chest.

"Don't move, brother, for God's sake!"

The second Mano Fashico is shaking with eagerness and anticipation. What an impact this would have in town! Silently he thanked God for being the best shot in the Fashico world.

He controlled himself. He aimed. He fired. He hit the bull's eye. A bull's eye that fast became a bull's end. What an impact this had in town!

Here, my friends, the *fashiquerías* come to an end for the time being. I beg you that if you ever run into a Mano Fashico out there, treat him with affection because he is good people.

EL APACHE

Por allí por el 25 de mayo la tierra estaba blanda y fofa después de haber estado cubierta de nieve y congelada por meses y meses de intenso frío. Había que pisar con cuidado, a pie o a caballo, porque uno se hundía, y además había tanto ratero y tusero que era bien fácil torcerse o quebrarse una pierna. El agua surgía de la tierra en todas partes. En todas partes había ciénagas y atascaderos, también peligrosos.

El campo entero vestía un verde nuevo, un verde suave y tierno. En la punta de cada ramita de cada árbol había una bombita llena de vida, presta a explotar. El pechicolorado, recién llegado, desfilaba su dignidad. El ruiseñor clavaba notas musicales en los cielos y en los horizontes. Los canarios y los chichontes, en jaulas y en ramas, llenaban todo el aire de alegría. Florecitas atrevidas y bailarinas trepaban las laderas y se miraban en el agua cristalina. Sobre todo, el olor fecundo y vital de la tierra mojada recién arada. En todo la promesa pristina de la primavera recién nacida, de la naturaleza, siempre eterna.

En este aliento, en este ambiente, llegaban las partidas del invernadero. Salíamos la familia a encontrarlas hasta Cuba o

EL APACHE

Around the 25th of May the soil was soft and fluffy after having been covered with snow and frozen for months and months of intense cold. You had to step with care, on foot or on horseback, because you would sink, and in addition there were so many rat and prairie dog holes that it was very easy to twist or break a leg. Water burst out of the earth everywhere. There were swamps and mud holes everywhere, also dangerous.

The entire earth was dressed in a new green, a soft and gentle green. On the tip of every branch of every tree there was a little bomb full of life ready to explode. The robin, just arrived, paraded his dignity. The canaries and the *chichontes,* in cages and on branches, filled the air with gaiety. Bold and dancing little flowers climbed the hills and looked at themselves in the crystalline water. Over everything the vital and fertile smell of the damp earth freshly plowed. In all things the pristine promise of the newborn spring, of nature, eternal always.

The flocks of sheep returned from the winter range in this atmosphere, in this feeling. The whole family went out to meet them as far as Cuba or Tapiecitas. To have a picnic. To embrace

hasta Tapiecitas. A hacer día de campo. A abrazar a don Nicomedes y a Abrán. Hombres que habían abandonado su hogar y habían cuidado el ganado entre el cielo y el suelo por tres cuartas partes del año. Lejos de todo contacto humano. Solos con su soledad, su lealtad e integridad. Hombres de confianza y criterio.

¡Qué aromas! Una gran fogata de piñón y cedro, con todo su chisporroteo, hasta que se hacía un gran bracero. Un costillar asándose sobre las brasas, la grasa goteando y explotando. El pan alzándose, con brasas arriba y abajo. Las papas, que se pegan, que no se pegan en la sartén. La olla de frijoles, con chicos (maíz) y raciones (pedazos de carne), enterrada en la tierra con brasas y piedras desde la madrugada. ¡Qué tesoro de olor, de ganas y de sabor! Ahora me pregunto con temor si de veras todo era mejor en esos días o si yo he perdido en gran medida la capacidad de apreciar, oler y saborear.

Esta primera visita desataba una vorágine de actividad que embargaba la atención total de la familia por unos treinta días. Decir que las borregas estaban en estado interesante es no decir nada. Estaban en estado de emergencia.

El ahijadero empezaba pronto el 25 de mayo. Es un misterio para mí cómo los encargados podían determinar con tanta certeza el momento justo en que tres mil ovejas iban a dar a luz. Yo sé que en un dado momento allá en el otoño se juntaron las borregas y los carneros y permanecieron juntos por un número de días. El ahijadero terminaba tan repentinamente como había empezado. Ya para el 24 de junio todo había terminado. ¿De dónde tanta exactitud? Caramba, cada hombre casado sabe que el momento exacto del nacimiento de sus hijos es toda una incertidumbre. Los médicos se equivocan la mayor parte de las veces.

Toda la familia se trasladaba al Rincón de las Nutrias. Allí teníamos un fuerte (cabina). Abajo había un salón grande que hacía de cocina y comedor. Tenía una mesa como la de la penúltima cena. Digo penúltima porque en vez de sentar trece, sentaba veinticuatro. Había también un dormitorio para mis

don Nicomedes and Abrán. Men who had left their homes and had watched the sheep between heaven and earth for three fourths of a year. Far from all human contact. Alone with their solitude, their loyalty and their integrity. Men of trust and judgment.

What aromas! A great bonfire of piñón and cedar, with all its crackling, until it became glowing embers. Lamb ribs roasting over the coals, the grease dripping and exploding on the coals. The bread rising, with live coals over and under. The potatoes, now they stick now they don't, on the frying pan. The pot of beans, with corn and chunks of meat, buried in the earth with live coals and stones since dawn. What a treasure of smell, hunger and taste! I now wonder with some fear whether things were really better in those days, or if I have lost in large measure the capacity to appreciate, smell and taste.

This first visit unleashed a vortex of activity that took possession of the total attention of the family for some thirty days. To say that the sheep were expecting is to say nothing. They were in a state of emergency.

The lambing season began promptly on the 25th of May. It's a mystery to me how those in charge could determine with such certainty the exact moment when three thousand ewes were going to give birth. I know that at a given moment back in the fall the ewes and the rams were brought together and they remained together for a number of days. The lambing season terminated as suddenly as it had begun. By the 24th of June it was all over. Where did all that precision come from? Caramba, every married man knows that the exact moment of the birth of his children is one big uncertainty. The doctors are wrong most of the time.

The whole family moved to the Rincón de las Nutrias. We had a cabin (we called it "fort") there. Downstairs there was a big hall that served as kitchen and dining area. It had a table like the one of the second-to-the-last supper. I say this because instead of sitting thirteen it sat twenty-four. There was also a bedroom for my parents. We children slept in the attic. The two

padres. Nosotros los niños dormíamos en el desván. Las dos cocineras dormían en una carpa al lado del fuerte. Los pastores dormían en una serie de carpas al otro lado del río.

Con veinticuatro hombres solos, solteros o casados, y sólo dos mujeres solas en plena primavera, en el campo, creo que las cocineras le daban rienda suelta a la madre naturaleza y al padre indulgencia. La verdad es que de vez en cuando aparecía alguno de los muchachos con ojos negros inexplicables. Me imagino que hubo competencias feroces por los amores o los favores de estas dos reinas de los frijoles y de las noches. Nosotros allá en el desván llegamos a oír risas y ruidos entre los aullidos de los coyotes. Según recuerdo eran más feas que una cabra.

Después de la cena en el fuerte los pastores se retiraban a su campamento. Allí alrededor de una gran fogata, con el murmullo del agua en el fondo, se rasgueaba la guitarra, se cantaba, se hacían chistes, se contaban cuentos, se hablaba mal o bien del prójimo. A mí me gustaba ir todas las noches a visitar con ellos hasta que me gritaban de mi casa. Sentía una sensación muy varonil en participar en las cosas íntimas de los hombres. A veces venía mi padre también, pero cuando él estaba presente todo era mucho más decoroso. Allí oí algunas coplas bien atrevidas dirigidas a la Berta y a la Cecilia, chistes bien pesados, puntadas bien afiladas. Alguien se enojaba y soltaba una mala palabra. Yo feliz. No entendía la mitad de lo que estaba pasando, pero no importaba.

El ganado estaba dividido en dos partidas de mil quinientas ovejas cada una, un rebaño de unos quinientos primales (ovejas de un año), y un hatajo de unas setenta y cinco cabras. Por razones que no me explicaba, cada uno de estos grupos tenía que hacer su cosa aparte.

Las partidas dormían en unos vastos corrales que llamábamos mangas que ocupaban toda una ladera o toda una cañada. El ganado dormía bien esparcido, bien suelto. Por la madrugada se le permitía levantarse solo e ir saliendo solo. Esto era importante. Era necesario no molestar a las ovejas que habían parido durante la noche. No asustarlas porque andaban bien nerviosas.

cooks slept in a tent next to the fort. The sheepherders slept in
a series of tents on the other side of the river.

With twenty-four men alone, married or single, and only
two women alone in the middle of spring in the country, I think
that the cooks gave free rein to mother nature and father indul-
gence. The truth is that from time to time one of the boys
would show up with unexplained black eyes. I imagine that
there was ferocious competition for the love and the favors of
these two queens of the beans and the night. Up there in the
attic we got to hear laughter and noises along with the howling
of the coyotes. As I remember they were both as ugly as a goat.

After supper the sheepherders retired to their camp. There,
around a big fire, with the murmur of the water in the background, they strummed the guitar, sang, told jokes and stories,
they said good or bad things about their neighbor. I used to like
to go visit with them every night until they called me from
home. I felt a very masculine sensation in participating in the
intimate things of men. Sometimes my father came too, but
when he was present everything was much more decorous. I
heard there some very daring couplets addressed to Berta and
Cecilia, some quite coarse jokes, some very sharp barbs. Someone would get mad and let out a bad word. I loved it. I didn't
understand half of what was going on, but it didn't matter.

The sheep were divided into two flocks of fifteen hundred
sheep each, a flock of five hundred year-olds and a bunch of
some seventy-five goats. For reasons that I didn't understand
each one of these groups had to do its thing separately.

The flocks slept in immense corrals we called *mangas* that
occupied a whole hillside or gully. The sheep slept spread out,
quite loosely. In the dawn the sheep were allowed to get up by
themselves and leave unmolested. This was important. It was
necessary not to bother the sheep that had dropped their lambs
during the night, not to frighten them because they were quite
nervous, and to permit the mothers to become accustomed to
their children. The flock left and the recent mothers remained,
licking and caressing their feeble lambs. They remained that

Permitir que las madres se fueran acostumbrando a sus hijos. El ganado salía y las recién paridas se quedaban, lamiendo y acariciando a sus enclenques borreguitos. Así permanecían todo el día. Un pastor las vigilaba desde lejos para ver que no se separara una oveja de su crío, para ver si había problemas y ayudarle a alguna oveja a buen parir.

Al atardecer, cuando los borreguitos ya se sentían más firmes, el pastor empezaba a sacar a las ovejas de la manga poco a poquito, con mucho tiento. Parece que la maternidad produce en los animales un estado sicológico un tanto parecido al de los seres humanos. Hay que mimar a la hembra en ambos casos. El pastor dirigía al nuevo rebaño al chiquero (un pequeño corral hecho de encinos acostados). Era de rigor, al oscurecer unas fogatas alrededor de los chiqueros para asustar a los coyotes, no para su alumbramiento.

Cuando los borreguitos iban creciendo los pequeños rebaños se iban juntando. Poco a poco se iban formando las grandes partidas otra vez.

Luego venía la trasquila. Llegaba una banda de trasquiladores, como una banda de gitanos, y establecían su campamento al lado del de los pastores. Mayor popularidad para la Berta y la Cecilia. Competencia, y a veces violencia. Me acuerdo de una canción con referencia a Cecilia que empezaba algo así:

> Te quiero nomás por pu . . .
> te quiero nomás por pu . . .
> te quiero nomás por pulida dama.

Seguían otras cosas un poco más fuertes.

Esos trasquiladores tenían las manos más blancas y blandas que yo he visto. La grasa de la lana es la mejor crema que hay. Mucho después supe que se llama lanolina y que es el ingrediente más importante del maquillaje.

Para el 24 de junio había terminado el barullo. Como todos saben, es el día de San Juan. Ese día las aguas de los ríos están benditas. Todos íbamos a lavarnos al río.

way all day. A shepherd watched them from a distance to see that a sheep and her lamb didn't become separated, to see if there were any problems and to help a ewe to a good delivery.

At the end of the day, when the little lambs felt a little stronger, the shepherd began to ease the sheep out of the *manga* little by little and very carefully. It seems that maternity produces in animals a psychological state somewhat similar to that of humans. One has to indulge the female in both cases. The shepherd would drive the new flock to the *chiquero* (a small corral made of fallen oaks). It was imperative at nightfall to light bonfires around the *chiqueros* to frighten off the coyotes —not to light their way.

As the little lambs grew the small flocks were brought together. Little by little the large flocks were being formed once again.

Then came the shearing. A band of shearers would arrive, like gypsies, and establish their camp alongside the camp of the sheepherders. More popularity for Berta and Cecilia. Competition, sometimes violence. I remember a song they sang Cecilia that began something like this:

> I love you because you're a who . . .
> I love you because you're a who . . .
> I love you because you're a wholesome lady.

Stronger things followed.

Those shearers had the whitest and softest hands I have ever seen. The grease of the wool is the best cream there is. Much later I found out that it is called "lanolin" and that it is the most important ingredient in cosmetics.

By the 24th of June the whole excitement was over. As everyone knows, that is the day of St. John. On that day the waters of the rivers are holy. All of us went to wash in the river.

The shearers left as suddenly as they had appeared. The shepherds collected their money and left. The summer shep-

Los trasquiladores partían tan repentinamente como habían aparecido. Los pastores del ahijadero cobraban y se despedían. Los pastores y camperos del verano tomaban posesión de las partidas, todos los hatajos mezclados ya.

Salían las partidas para la sierra. Las cabras adelante. Seguidas por los primales. Luego la masa del ganado. Los cabritos y borreguitos traviesos y retozones. Una larga cadena que subía lenta la fragosa ladera y la tortuosa vereda.

Atrás el pastor con sus perros apurando a los despaciosos o doblando las puntas y orientándolas en la misma dirección. Más tarde venía el campero arriando sus burros cargados. Pastor y campero montados en briosos caballos.

Las partidas nuestras no eran las únicas. Las partidas de mis tíos salían más o menos al mismo tiempo, más o menos en condiciones iguales.

En cuanto se establecía el campo, había que salir a buscar al Apache. El apache era un caballo que llevaba la marca apache de una estrella y una media luna. Seguramente se les había extraviado a los indios y se había aquerenciado en nuestras sierras años antes.

Había una tremenda competencia entre los camperos a ver quien se apoderaba del Apache. El que lo atrapaba primero se quedaba con él todo el verano. Había dos razones. El caballo era el más manso y el más servicial que se puede imaginar. Además era un placer ganarles a los demás.

Cuando bajaban las partidas en el otoño se soltaba al Apache a que se las desquitara como pudiera hasta el siguiente verano. El se unía a una de las manadas de caballos silvestres. Quién sabe cómo sobrevivía.

Este verano yo era el campero y me tocó la suerte de atrapar al Apache. Un día fui a llevarle provisiones a Fulgencio, el pastor de los carneros y chivatos (machos cabríos). Los machos se mantenían separados de las hembras hasta octubre cuando las partidas salían para el invernadero. Debo mencionar aquí que los machos huelen mal, especialmente los chivatos. Estos apestan. Uno tiene que situarse con el viento para que el viento

herds and *camperos* (assistants to the herders) took possession of the flocks, all of the small flocks together now.

The flocks left for the mountains. The goats in front. Followed by the *primales* (year-olds). Then the mass of the herd. The kids and lambs, naughty and frolicsome. A long chain that climbed the rough hillsides and the tortuous paths slowly.

The shepherd behind with his dogs hustling the slow ones or turning points and directing them in the same direction. The *campero* followed, driving his loaded burros. Herder and *campero* astride spirited horses.

Our flocks were not the only ones. The flocks of my uncles left approximately at the same time, more or less in the same circumstances.

Once camp had been set up we had to go out and look for *el Apache*. *El Apache* was a horse with an Apache brand that consisted of a star and a half moon. It must have run away from the Indians and become attached to our mountains years before.

There was tremendous competition among the *camperos* to see who would get *el Apache*. The one who caught him first got to keep him for the rest of the summer. There were two reasons. The horse was the tamest and most useful you can imagine. Besides, it was a pleasure to beat the rest of them.

When the flocks came down in the fall *el Apache* was turned loose to make out on his own till the following summer. He would join a herd of wild horses. Who knows how he survived.

This summer I was the campero, and it was my good luck to catch *el Apache*. One day I went to take provisions to Fulgencio, the herder of the rams and bucks (he-goats). The *machos* (males) were kept away from the females until October when the flocks left for the winter range. I must mention here that the males stink, especially the *chivatos* (he-goats). They really stink. One has to situate oneself with the wind at your back so that the wind will take that masculine odor somewhere else. Anytime I meet anyone who brags about being a *macho* I think of the *chivatos*.

le lleve ese olor masculino a otra parte. Cada vez que encuentro algún tío que se las echa mucho de macho pienso en los chivatos.

Estaba la carpa de Fulgencio situada a la orilla del bosque. Estábamos sentados en el suelo comiendo, unas costillas muy sabrosas. Estábamos gozando de esa soledad, silencio y serenidad que sólo conocen los pastores. Ante nuestros ojos se abría una ladera amplia y limpia, y bien pastosa. Sobre nosotros un cielo amplio y limpio, poblado de unas tranquilas y blancas nubecitas. Los carneros pacían abiertos, sueltos, en total sosiego. El viento nos favorecía. Todos los mundos se movían, o se quedaban, en total armonía.

El Apache estaba atado frente a la carpa con los otros caballos. Dormido como siempre. Dormía dormido. Dormía despierto. Acostado o de pie. Andaba, y creo que hasta comía, durmiendo. Aunque ya él no estaba para esas cosas, por razones bien conocidas, me supongo que al haberlo estado, habría hecho el amor en un éxtasis cabal, es decir, bien dormido. En todos los casos la jeta inferior le colgaba como si no fuera suya o como si la tuviera despegada. Era color café con manchas blancas por la barriga. Era un animal de carga ideal. A él no se le caía la carga. Nunca andaba asustándose. Siempre estaba cuando hacía falta. Aceptaba, dormido, todas las indignidades de su oficio.

Esta vez estaba en otro mundo, como de costumbre, mientras mosqueaba en este mundo. Su cola era abanico, azote y pañuelo con la que espantaba la nube de moscos que le rodeaba con movimiento rítmico y agitado. A veces cabeceaba, a veces pateaba, con el mismo motivo, sin abandonar nunca su Nirvana animal y apache.

Era panzón. Tenía una panza tan redonda como una olla y tan voluminosa como un globo aéreo, y le colgaba como una cuba. A mitad de cuerpo no distaba mucho del suelo. El peso de esta aberración, claro, le formaba una como cuna o media luna por arriba. De modo que presentaba el aspecto de una gruesa y bizarra hamaca somnolienta suspendida en el aire, o en el tiempo, de una manera muy arbitraria.

The tent of Fulgencio was situated at the edge of the forest. We were sitting on the ground eating, very delicious ribs. We were enjoying the solitude, silence and serenity that only sheepherders know. Before our eyes was a wide and clean hillside, covered with grass. Above us a wide and clean sky, inhabited by tranquil and white little clouds. The *machos* grazed open, loose, in total peace. The wind was on our side. All the worlds moved, or remained, in complete harmony.

El Apache was tied in front of the tent with the rest of the horses. Asleep as always. He would sleep asleep. He would sleep awake. Lying down or on foot. He walked, and I think he ate, sleeping. Although he was not up to those things anymore, for well known reasons, I suppose that if he had been up to them, he would have made love in sheer ecstasy, that is, fast asleep. In all cases his lower lip would hang loose as if it didn't belong to him, or as if it had come off. He was brown with white patches on his belly. He was the ideal pack horse. His load never fell off. He wasn't easily frightened. He was always there when you needed him. He accepted, asleep, all the indignities of his job.

This time he was in another world, as usual, as his tail swatted away the flies in this one. His tail was a fan, a whip and a handkerchief with which he scared off the cloud of flies that surrounded him with rhythmic and restless movements. Sometimes he shook his head. Sometimes he stamped his feet, for the same reason, without abandoning ever his animal and Apache Nirvana.

He had a belly. As round as a pot and as voluminous as an aerial balloon, and it hung on him like a wine skin. At the middle of his body it wasn't very far from the ground. The weight of this aberration, naturally, formed something like a cradle or a half-moon on top. So he looked like a thick, bizarre and sleepy hammock suspended in the air, or in time, in the most arbitrary way.

These were the circumstances in which we found ourselves when the peace of our existence went whoof and became vio-

Esas eran las circunstancias en que nos hallábamos cuando la paz de nuestra existencia se fue ¡zaz! y se hizo violencia. Se rompió la armonía de los mundos y se desató la algarabía silenciosa de los mudos.

Había entre los carneros uno ciego. Los animales ciegos viven muy tranquilos mientras se sienten seguros, rodeados de los suyos. Una vez que se encuentran solos se vuelven locos.

Este (quizás llevado por los placeres gastronómicos o perdido en sus recuerdos amorosos) se descuidó. De pronto resultó solo. Como era de esperar, perdió los estribos. Le entró un pánico espantoso. Completamente enajenado empezó a correr desaforadamente. Sin tiento. Sin rumbo.

Poco a poco se fue alejando del atajo. Poco a poco se fue acercando a los árboles y a nosotros con una velocidad atropelladora. De vez en vez soltaba un balido que era algo entre rabia y terror. Nosotros fascinados, quietos y mudos. El corazón en la boca.

Cuando llegó a los árboles pasó lo que tenía que pasar. El primer choque sonó como una explosión. Parecía que el mundo mismo se había sacudido. El golpe fue tan feroz que toda la parte trasera del animal se alzó en el aire. Los choques siguieron. Algunas veces le pegaba a un árbol con tanta fuerza que botaba para atrás, sólo para levantarse y seguir su atropello individual, derecho a nosotros. Yo pensé, "Si le pega a la carpa, se la lleva." De los caballos no me acordé. Estábamos listos a agazaparnos detrás de un árbol, a cualquier momento. La situación era trágica, peligrosa y dramática.

No sé si porque el espectáculo estuviera tan fuera de lo normal, y que por eso empezó a parecernos irreal y fantástico, o por alguna perversidad humana, nos entró la risa. Yo sé que esto es cruel. ¿No les ha pasado a ustedes alguna vez? El dolor, el malestar, la inconveniencia de otro, a veces propios, empiezan a parecer incongruentes, pasan a parecer ridículos y resultan risibles. Nosotros nos enfermamos de la risa. Nos revolcamos en el suelo, dimos puñetazos en la tierra, gritamos como desesperados. Nos salieron las lágrimas a chorros. No nos salió más porque Dios es bueno.

lence. The harmony of the worlds broke and the quiet clamor of the mute was turned loose.

There was a blind ram in the herd. Blind animals live happily as long as they feel secure, surrounded by their own. Once they find themselves alone they go crazy.

This one (perhaps carried away by his gastronomical pleasures or lost in memories of his love life) became careless. Suddenly he was all alone. As was to be expected, he went berserk. He became the victim of a dreadful panic. Completely insane he began to run in the most disorderly way. Without caution. Without direction.

He kept getting farther and farther away from the herd. He kept getting closer and closer to the trees and us with reckless speed. Now and then he would bleat, half in rage, half in terror. We were fascinated, still and mute. Our hearts in our throats.

When he got to the trees what had to happen did. The first crash sounded like an explosion. It seemed that the world itself shook. The collision was so powerful that the whole back part of the animal rose in the air. The crashes continued. Sometimes he would hit a tree with such force that he bounced back, only to rise and straighten up and continue his individual mad rush, straight for us. I thought, "If he hits the tent, he'll take it with him." I forgot about the horses. We were ready to duck behind a tree at any moment. The situation was tragic, dangerous and dramatic.

I don't know if because the spectacle was so far from the normal and for that reason it began to appear unreal and fantastic to us, or because of some human perversity, we began to laugh. I know that this is cruel. Hasn't it ever happened to you sometime? The pain, the discomfort, the inconvenience of others, sometimes your own, begin to appear incongruous, they pass on to appear ridiculous and end up being laughable. We became sick with laughter. We rolled over on the ground, hit the ground with our fists, screamed as if in despair. Our tears came out in streams. Nothing else came out because God is good.

The overwhelming force of nature found us in this demen-

La fuerza avasalladora de la naturaleza nos halló en esta demencia. Sólo nos salvó la ceguera del carnero. Pasó en frente de nosotros como un relámpago de lanolina.

Nos dejó fríos. Se congeló el holgorio. Nos quedamos lelos mirando al bruto dirigirse a los caballos. El Apache estaba en el quinto ciclo de un sueño feliz, durmiendo felicidades y soñando paraísos apaches. Yo recé rápido por él.

Absortos, lo vimos pegarle al caballo indio en la abigarrada barriga con la fuerza y velocidad de un proyectil rabioso. El Apache explotó como una bomba atómica. Un jush que hizo temblar y vibrar los árboles por legua y media, detuvo a los pájaros en su vuelo e hizo a los peces sacar la cabeza a ver qué cosa inaudita pasaba. El Apache cayó con un costalazo que estremeció siete hectáreas de tierra.

Esta vez no nos enfermanos. Esta vez nos morimos. Nos morimos de la risa. Pero como buenos cristianos, resucitamos en tres días. El Apache, que no era cristiano, también resucitó a los tres días.

tia. Only the blindness of the ram saved us. He passed in front of us like a bolt of lanolin.

This cooled us off. Our laughing spree froze. We stared stupidly as the beast ran directly toward the horses. *El Apache* was in the fifth cycle of some happy dream, sleeping happinesses and dreaming Apache paradises. I prayed fast.

Absorbed, we watched him hit the Indian horse on his motley belly with the force and velocity of a raging projectile. *El Apache* exploded like an atomic bomb. A whoosh that made the trees shake and vibrate for a mile and a half, stopped the birds in their flight, and made the fish poke their heads out to see what unheard of thing was going on. He fell with a force that made seven acres of land shake.

This time we did not get sick. This time we died. We died laughing. And being good Christians, we rose from the dead in three days. *El Apache,* who wasn't a Christian, rose from the dead in three days too.

SE FUE POR CLAVOS

Estaba Roberto martillando en el portal, clava que clava. Rezonga que rezonga. Sentía una honda inquietud. Ganas de salir a andar por esos mundos otra vez. Ya hacía mucho que había levantado ancla. Ya era hora de soltar chancla.

Roberto había estado en la marina durante la guerra y había recorrido mucho mundo. Después de la guerra no podía echar raíces en ninguna parte. Parecía que sus aventuras y experiencias por el planeta lo habían dejado con una ansia constante de nuevos horizontes. Después de muchas andanzas por fin volvió a Tierra Amarilla. Creo que la falta de fondos influyó más que el sentimiento en su regreso.

Todos nosotros encantados con el hermano errante. El con sus risas, chistes, bromas y sus cuentos de tierras lejanas y gentes extrañas nos divertía y entretenía. Vivía con mi hermana Carmen y su esposo.

Los martillazos se ponían cada vez más violentos. Las murmuraciones aumentaban. El desasosiego crecía. De pronto, silencio. El martillo se quedó suspenso en el aire. El pensativo. Luego, bajó de la escalera, alzó la herramienta, se quitó los guantes y los alzó con cuidado y se presentó en la puerta.

HE WENT FOR NAILS

Roberto was hammering away like mad on the porch. He was grumbling away like mad. He felt a deep uneasiness. He felt like roaming the world once again. He had cast anchor a long time ago. It was now time to cast a shoe.

Roberto had been in the navy during the war and had seen a lot of the world. After the war he couldn't settle down anywhere. It seemed that his adventures and experiences around the planet had left him with a constant need for new horizons. After a lot of wandering he finally returned to Tierra Amarilla. I think that the lack of funds influenced him more than sentiment in his return.

All of us were thrilled with our errant brother. He with his laughter, jokes, pranks and tales of far-off lands and strange people would amuse and entertain us. He lived with my sister Carmen and her husband.

The hammering was becoming more and more violent. The murmuring increased. The restlessness was growing. Suddenly, silence. The hammer remained posed in the air. He, thoughtful. Then, he came down the ladder, put the tool away, removed his gloves and put them away with care and presented himself at the door.

—Carmen, se me acabaron los clavos. Voy al pueblo a traer. Pronto vuelvo.

—Bueno, hermanito. Le dices a Eduardo que traiga carne para la cena.

Caminaba despacio. Iba pensando que tenía que salir de allí. ¿Pero cómo? Le daba pena pedirle dinero a su cuñado. El nunca pedía dinero a nadie. Cuando tenía lo prestaba al que se lo pidiera.

Compró los clavos en la tienda de don Gorgonio y entró en el café a ver si se distraía. Allí encontró a Horacio.

—¿Qué hay, Roberto?

—Así nomás.

—¿Qué estás haciendo hoy?

—Nada, como ayer.

—¿Por qué no vas conmigo a Española? Tengo que ir a traer un motor para el tractor. Volvemos esta misma tarde. Y a propósito, aquí están los diez que te debo.

—Bueno, vamos. A ver qué vientos nos dan.

Roberto le entregó los clavos a Félix y le dijo que al regreso los recogería. El billete de a diez le daba una extraña sensación de seguridad. Casi, casi lo podía sentir vibrar en el bolsillo. Hacía tanto tiempo. Se preguntaba, "¿Me lanzo con sólo diez? Otras veces he salido sin nada." Estas cavilaciones le embargaban el pensamiento y lo mantuvieron un poco más reservado que de costumbre durante el viaje a Española.

Horacio y Roberto entraron en una cantina a echarse una cerveza. Allí estaba Facundo Martínez.

—Roberto, qué gusto de verte. Qué bueno que vinieras. Ahora te pago lo que te debo.

—¿Qué hubo, compañero?

—Te debo sesenta y tres dólares, pero te voy a dar setenta y tres por haber esperado tanto.

—Debería decirte que no, pero en este momento los setenta y tres me caen como del cielo.

Otra vez las ansias. Los ochenta y tres le quemaban el bolsillo. Pero no, tenía que terminar el portal. Tal vez después.

"Carmen, I ran out of nails. I'm going into town to bring some. I'll be right back."

"All right, little brother. Tell Eduardo to bring meat for supper."

He walked slowly. He was thinking that he had to get out of here. But, how? It bothered him to borrow money from his brother-in-law. He never borrowed money from anybody. When he had it, he loaned it to everybody.

He bought the nails in the store of don Gorgonio and walked into the cafe to see if he could distract himself. He ran into Horacio there.

"How goes it, Roberto?"

"So-so."

"What are you doing today?"

"Nothing. Like yesterday."

"Why don't you go with me to Española. I have to go bring a motor for the tractor. We come back this afternoon. And by the way, here are the ten I owe you."

"O.K. Let's go. Let's see what new winds we run into."

Roberto gave the nails to Félix and told him he'd pick them up on his way back. The ten dollar bill gave him a strange sensation of security. He could almost feel it vibrate in his pocket. It had been such a long time. He wondered, "Shall I take off with only ten? Other times I've left with nothing." These speculations took possession of his thoughts and kept him somewhat more reserved than usual during the trip to Española.

Horacio and Roberto entered the *cantina* for a beer. There they ran into Facundo Martínez.

"Roberto, it sure is good to see you. It's a good thing you came around. Now I can pay you what I owe you."

"Hi there, pal."

"I owe you sixty-three dollars, but I am going to give you seventy-three for having waited so long."

"I should say no, but at this moment the seventy-three come as a gift of the gods."

Roberto entró en mi casa en Albuquerque como siempre entraba, como un terremoto. Abrazos, dichos, risotadas.

—Qué bien que hayas venido, Roberto. Me acaban de pagar el último plazo por el terreno de Las Nutrias que vendimos. Aquí tengo tu parte.

—¡Lindo, hermano, lindo! Qué venga la plata, que yo sabré qué hacer con ella.

Se despidió de nosotros con prisa, porque, dijo, tenía que terminar un portal.

Hubo quien preguntara por Roberto a Carmen. Ella les contestaba, "Se fue por clavos."

Roberto volvió ya oscuro. Entró en la casa con el barullo de siempre. Bailando con Carmen. Luchando con Eduardo. Dulces y besos para los niños.

—Carmen, aquí están los clavos.

—Sin vergüenza, ¿por qué te tardaste tanto?

—Hermanita, me entretuve un rato con los amigos.

—Entretenerse un rato está bien. Todos lo hacen, pero nadie como tú. Si me fío de ti se cae el portal.

—Hermanita, no es para tanto.

—¡Qué hermanita, ni qué hermanita! Te fuiste por clavos y volviste después de cuatro años. ¿Te parece poco?

Ahora, en la familia, cuando alguien pregunta por Roberto, todos decimos, "Se fue por clavos."

Once again the anxiety. The eighty-three were burning his pocket. But now, he had to finish the porch. Maybe later.

Roberto entered my house in Albuquerque as he always did, like an earthquake. Embraces, witty remarks, laughter.

"It's so nice that you came, Roberto. They've just paid me the last installment on that land we sold in Las Nutrias. I have your share."

"Beautiful, brother, beautiful! Give me the cash, for I'll know what to do with it."

He said good-bye to us in a hurry because, he said, he had to finish a porch.

There were people who asked Carmen for Roberto. She would answer them, "He went for nails."

Roberto returned after dark. He entered the house with the usual racket. Dancing with Carmen. Wrestling with Eduardo. Candy and kisses for the children.

"Carmen, here are the nails."

"Shameless one. Why did you take so long?"

"Little sister. I got tied up a while with the boys."

"To delay for a while is all right. Everybody does it, but nobody like you. If I depend on you, the porch will fall on me."

"Little sister, it isn't that bad."

"What do you mean, 'little sister'? You went off for nails and came back four years later. Do you think that is a little?"

Now, in the family, when someone asks for Roberto, we all say, "He went for nails."

LOS PENITENTES

Ya viejo echo la mirada sobre lo que fue la vida y la historia de Tierra Amarilla. A través de tanto recuerdo, tanta simpatía y una que otra antipatía se revela ante los ojos de mi querencia un mosaico vital en todo sentido bello, en todo sentido grato. Hay en él figuras queridas, incidentes y accidentes sentidos, líneas y contornos conocidos, matices y masas mágicas. Piedritas que brillan. Peñas que espantan. Luz y sombra que combina, según el sol, o la luna, o la nube, o la niebla de la memoria. Paisaje humano, animado y vivo. Palpitante, y dramático escenario de lo que un día fue, hoy es, y mañana tiene que ser.

Me sorprende ver en ese mosaico algo que nunca ví. Entre otros, un tema principal. Quizás hace falta la distancia, la edad o la tranquilidad para poder ver los lirios del valle. Quizás es necesario un dolor de muela para darnos cuenta que tenemos dientes. Si no te duele no te fijas y no te importa.

A mí nunca me dolieron los Penitentes y por eso nunca los tomé en serio. Ahora, maduro y viejo, contemplo asombrado el panorama del pasado y veo la tremenda importancia que tiene la presencia de los Penitentes en la historia de nuestra gente. Si

THE PENITENTES

In my old age I look back on what was the life and history of Tierra Amarilla. Across so many memories, so much sympathy and a little antipathy here and there, there appears in the eyes of my affection a living mosaic, lovely in every way, pleasant in every way. In it there are beloved figures, deeply felt incidents and accidents, remembered lines and contours. Magic colors and masses. Pebbles that shine. Rocks that frighten. Changing light and shadow, sometimes revealing, sometimes concealing, according to the sun, or the moon, or the cloud, or the mist of memory. A human landscape, animated and lively. The palpitating and dramatic representation of what one day was, today is, and tomorrow ought to be.

I am surprised to see in that mosaic something I never saw before. A main theme, among others. Perhaps distance, age or tranquility are necessary in order to see the lilies of the valley. Perhaps one needs a toothache in order to remember one has teeth. If it doesn't hurt you, you don't notice, and you don't care.

I never felt the pain of the Penitentes, and for that reason I

sacamos, olvidamos o ignoramos a los Penitentes, el cuadro histórico de Nuevo México se desmorona. Sin ellos no hay historia. En el principio en estas tierras no había gobierno, no había iglesia no había escuela. La gente hacía lo que podía con lo que había y con lo que no había.

La Hermandad de los Penitentes era el único cuerpo de autoridad, el único organismo disciplinado, en las aldeas aisladas. Abandonadas primero por España, después por Santa Fe y México y más tarde por los Estados Unidos.

En el último rincón del mundo civilizado, en este aislamento, en este abandono y casi total olvido, estos nuevomexicanos pudieron haber olvidado su lengua, su religión y sus tradiciones. Pudieron haber perdido su trato civilizado. Pudieron haber dejado de ser hispanos. Nada de esto ocurrió. A través de cuatrocientos años la cultura hispana se mantiene vital y alerta, y el nuevomexicano es tan hispano hoy como en aquellos días.

Los Penitentes más que nadie llenaron el vacío administrativo, religioso y cultural. Siendo la única estructura orgánica donde no había gobierno oficial ellos tomaron la iniciativa en establecer las normas de gobernación para la comunidad y el brazo fuerte de la Hermandad estaba siempre presente para mantener el orden público, la defensa de la aldea y para prestar ayuda en las tragedias. También prestaron un gran servicio político. La Hermandad era grande y tenía Moradas en todas las poblaciones. Esto servía para establecer comunicación, armonía y unión entre las diversas y apartadas aldeas.

En un mundo sin curas los Penitentes mantuvieron la religión pura. Ellos fueron los que instruyeron al pueblo en las oraciones, las ceremonias, los sacramentos, los misterios, los alabados de la Iglesia. Ellos tenían los libros y manuscritos. A través de la función religiosa mantuvieron la lengua viva y relativamente limpia. Acaso ese misticismo tan propio de nuestra gente se lo debamos en gran parte a los Penitentes. De modo que quién sabe cuántos nuevomexicanos no han subido al cielo y se han presentado a San Pedro hablando perfecto castellano, gracias a los Penitentes.

never took them seriously. Now older and wiser, I contemplate the panorama of the past in astonishment and I can see the tremendous importance that the presence of the Penitentes had on the history of our people. If we pull them out, forget or ignore the Penitentes, the historical picture of New Mexico crumbles. Without them, no history.

In the beginning there was no government in these lands, no church, no school. The people did what they could with what they had and with what they didn't have.

The Brotherhood of the Penitentes was the only group with authority, the only disciplined organism, in the isolated villages, abandoned first by Spain, later Santa Fe and Mexico, and finally by the United States.

In the farthest corner of the civilized world, in this isolation, in this abandonment and almost total neglect our New Mexicans could have ended in a state of barbarism. They could have lost their language, their religion and their traditions. They could have lost their civilized ways. They could have stopped being Hispanos. None of these things happened. After four hundred years Hispanic culture remains live and alert, and the New Mexican is as Hispano today as he was in those days.

The Penitentes more than anyone filled the administrative, religious, and cultural vacuum. Being the only organized structure where there was no official government they took the initiative in establishing the guidelines of government for the community, and the strong arm of the Brotherhood was always available to maintain public order, the defense of the village and to provide help in disasters. They also provided great political service. The Brotherhood was large and had branches in every town. This served to establish communication, harmony and union among the diverse and scattered villages.

In a world without priests, the Penitentes kept the religion unblemished. They were the ones who instructed the people in the prayers, the ceremonies, the sacraments, the mysteries and the hymns of the Church. They had the books and the manuscripts. Through the religious exercises they kept the language

Como dije antes casi los únicos libros y manuscritos estaban en manos de los Penitentes en tiempos coloniales. Así es que ellos eran de los pocos que sabían leer y escribir. El hecho que la tribu no perdiera esas artes se le debe en gran medida a los señores de la sociedad secreta. ¿Y esto cuánto vale? Sólo Dios sabe. Un pueblo que sabe leer y escribir sabe vivir y morir.

Así andaban las cosas cuando vino a dar entre nosotros un arzobispo francés, y antes que la muerte viniera por él, nos quiso hacer mucho daño. Que Dios lo tenga en paz, y que no lo deje salir de donde lo tiene. Aquí no lo queremos ver ni pintado. Con él empieza la guerra de la ingrata iglesia contra los Penitentes. Desde entonces también el pueblo desagradecido se hizo olvidadizo. Todo el mundo habla mal de ellos. Se han escrito miles de mentiras en su deshonor.

A pesar de todo, la cofradía sigue todavía. Según entiendo allá en sus moradas los Penitentes, sociedad secreta por excelencia, siguen haciendo lo que Dios manda. Interpretando lo que Dios manda a su manera, claro, como lo hacen los demás.

Cuando yo aparecí en el mosaico ya los Penitentes habían perdido mucha de su influencia. Estaban en plena declinación. La iglesia no dejaba de acosarlos. La gente los trataba con menosprecio. Decían que eran una punta de ladrones, que no se acordaban de Dios hasta la Cuaresma y que entonces se flagelaban por todas las maldades que había hecho todo el año. Los políticos se hacían hermanos honorarios para ganarse los votos de los hermanos.

Para el entierro de un hermano aparecía la hermandad entera. Un cuerpo de hombres impresionante. Impresionante por el misterio que los rodeaba, por las miradas intensas que todos llevaban, por las sospechas sobre su vida privada. Cantaban unos alabados que sacudían y estremecían a toda una comunidad. A veces los oíamos por la noche en procesión por el campo abierto cantando esos cantos tan lastimeros, tan tristes, vibrante pena en dolorosa voz.

Nunca, que yo sepa, ha habido una mujer penitente. Ahora, en estos días de la liberación de la mujer, no he sabido

alive and relatively pure. Perhaps we owe in large measure that mysticism so characteristic of our people to the Penitentes. So who knows how many New Mexicans have gone to Heaven and have introduced themselves to Saint Peter in perfect Castilian, thanks to the Penitentes.

As I said before, most of the few books and manuscripts were in the hands of the Penitentes in colonial times. Consequently they were among the few who knew how to read and write. The fact that the tribe did not lose these arts is due in great part to the men of the secret society. And how much is this worth? Who knows? A people that can read and write knows how to live and die.

This was the way matters were when a French Archbishop came to live among us, and before death came for him, he tried to do us a great deal of harm. May God keep him in peace, and may He never let him out. Here we couldn't stand the sight of him.

The war of the ungrateful Church against the Penitentes began with him. From that time on also the unappreciative people became forgetful. No one has anything good to say about them. A thousand falsehoods have been written in their dishonor.

In spite of it all the Brotherhood continues to exist. According to what I hear, out here in their sanctuaries the Penitentes, secret society par excellence, continue doing what the Lord wishes. They interpret the wishes of the Lord in their own way, as everyone else does, of course.

When I appeared on the mosaic, the Penitentes had already lost much of their influence. They were in definite decline. The Church continued to harass them. The people treated them with scorn. They said they they were a bunch of thieves, that they didn't think of God until Lent, that they then flagellated themselves for all the crimes they had committed during the year. Politicians become honorary members to get the vote of the brothers.

The entire Brotherhood would appear for the funeral of a

de una sola mujer que reclame el derecho de azotarse ni en público ni en privado por el amor de Dios o por el amor de nadie. ¿Por qué será?

La Cuaresma entera, pero la Semana Santa en especial, era una orgía de tormento y sangre. Pasada la santa temporada algunos caían en cama. Los demás eran espectros, cadáveres ambulantes. Tan flacos y tan pálidos. Los ayunos, los desvelos, los sacrificios y martirios cobraban su tarifa. Por cierto hay que tener una fe furiosa y andante para sufrir suplicio semejante.

La gente asistía a sus actos públicos como asistir a un deporte, un espectáculo, una corrida de toros. La sangre siempre exita. Mirábamos, temblábamos y pronto olvidábamos. Aquella feroz realidad era tan exagerada que casi parecía mentira, como si no fuera verdad.

Marchaban en procesión, uno tras otro. Llevaban la cara tapada. Cortos calzones blancos. Descalzos. La disciplina (azote con varios ramales, dicen que con espinas en las puntas) cogida con las dos manos. Cada tantos pasos subían los dos brazos sobre la cabeza cubierta y se oía lejos el latigazo. Espalda lacerada. Sangre roja. Calzones manchados. Los demás hermanos marchaban a ambos lados. Cantando asoladores alabados.

En Viernes Santo un ejercicio especial, la representación, dramática, y traumática, del doloroso camino que hizo Cristo a la cumbre del Monte Calvario con su cruz a cuestas. Un hermano (no sé cómo seleccionado) hacía el papel de Cristo. Cargaba un tremendo madero y pasaba paso por paso por todas las Estaciones de la Cruz. Otros hermanos lo azotaban, le escupían, le injuriaban con los viejos insultos de la historia. No creo que puede haber cristiano que vea esto que no quede fulminado para siempre. Dicen que en tiempos antiguos colgaban a un Penitente en la cruz y lo dejaban allí colgado por las tres horas de la pasión y muerte de nuestro Señor. Esto yo nunca lo vi, y por eso le doy gracias a Dios.

Simón era Penitente. Trabajaba para nosotros. Regaba, escardaba, partía leña, asistía a los animales, llevaba y traía recados. Era bueno para todo, pero sobre todo era bueno. Todos lo

brother. A truly impressive body of men. Impressive because of the mystery that surrounded them, the intense eyes of all of them, the suspicions about their private life. They sang hymns that shook and moved a whole community. Sometimes we heard them at night marching in procession through the open country singing their chants, doleful and mournful, a throbbing sorrow in a tortured voice.

As far as I know there never has been a woman Penitente. Now, in these days of Women's Lib I haven't heard of a single woman claiming the right to lash herself for the love of God or for the love of anyone else, in private or in public. I wonder why.

All during Lent, but particularly in Holy Week, there was an orgy of torture and blood. When the holy season was over, some of them ended up in bed. The rest were spectres, walking corpses. So pale and wasted. The fasts, the lack of sleep, the sacrifices, the self denial took their due. One certainly has to have a fierce and fighting faith in order to suffer similar torment.

People attended their public ceremonies like attending a game, a spectacle, a bullfight. Blood always excites. We looked, we trembled, and soon forgot. That ferocious reality was so extreme that it almost looked unreal, as if it weren't true.

They marched in procession single file. Their heads covered. White short pants. Barefoot. The whip (a cat-of-nine tails, with thorns at each end, they say) held with both hands. Every so many steps both arms would rise over the covered head and we could hear the lash from afar. Mangled back. Stained pants. The rest of the brothers marched on either side of them singing devastating *alabados*.

On Holy Friday a special exercise. The dramatic and traumatic representation of the painful way Christ made to the top of Mount Calvary bearing his cross. One of the brothers (I don't know how he was chosen) played the part of Christ. He carried a tremendous cross and went step by step through all the stations of the Cross. Other brothers whipped him, spat on him,

queríamos mucho. Cada Cuaresma lo perdíamos por cuarenta días. Cuando volvía, más muerto que vivo, lo aguantábamos y lo cuidábamos por cuarenta días más, hasta que se reponía.

No creo que fuera ladrón. No creo que fuera bandido. Yo, niño, lo seguía como un perro. Le llevaba limonada allá al campo, le traía fósforos, le hacía mil preguntas. El me enseñó a hacer pequeñas acequias que conducíamos a los tuseros. Inundábamos el hogar terruño de ese terreno animal, y cuando asomaba la cabeza más ahogado que una esponja, yo lo mataba a palos. Que si nos reíamos. Cazábamos conejos, ratas y pájaros. Así me deshice yo de tantas hostilidades naturales, y más tarde no tuve que verter esta antipatía en mi esposa o mi hijo.

En otras ocasiones me entretenía, me divertía o me asustaba con cuentos de los Penitentes. Cuentos de calaveras y cadáveres. Cuentos mágicos. Cuentos místicos. Una señora que un día le dijo a su compañera, "Ese es mi marido. Lo conozco por los calzones que le hice." Y cuando pasó frente a ella dicho penitente, se alzó la cubierta que llevaba sobre la cara y la buena mujer vio una calavera, y claro, se desmayó. Un hermano que crucificaron una noche allá en la sierra y que murió y no vivió.

Un día uno de esos tipos gordos denunció a Simón. Lo acusó de haberse robado una vaca. La Hermandad entera contribuyó dinero, y no se rajó. Mi papá tampoco se rajó. Vino la causa. Carlos Manzanares lo defendió. Y como Carlos no había otro. Ganó. Ganamos todos. Inocente en primer grado, y en el último también.

Pero, Simón, esa carne seca tuya era la mejor que había. De carne de venado claro.

No sé qué ha sido de ti, Simón. La vida ha corrido y todo ha cambiado. Quiero que sepas que te estimo y que te recuerdo con todo mi cariño.

Y ustedes, mis amigos, mis lectores, si alguna vez encuentran o conocen un Penitente, tríntenlo con respeto y con cariño. Ese tío vale mucho. Sin él tú y yo tal vez valdríamos algo menos. Hasta luego.

abused him with all the old insults of history. I don't think there can be a Christian who could see this without remaining fulminated forever. They say that in olden days they used to hang a Penitente on the cross and leave him hanging there for the three hours of the passion and death of our Lord. This I never saw, and for that I give thanks to God.

Simón was a Penitente. He worked for us. He irrigated, hoed, chopped wood, fed the stock, carried and brought messages. He was good for everything, but above all, he was good. We all liked him very much. Every Lent we lost him for forty days. When he came back, more dead than alive, we put up with him and took care of him for forty days more, until he recovered.

I don't think he was a thief. I don't think he was a bandit. I, a child, followed him around like a dog. I took him lemonade out to the fields, brought him matches, asked a thousand questions. He taught me how to make little ditches that we would direct into prairie dog holes. We would flood the earthy home of that earthbound animal, and when he showed his head, as water logged as a sponge, I would kill him with a stick. We'd laugh. Boy, we'd laugh. We hunted rabbits, rats and birds. In this way I got rid of so many natural hostilities, and later I didn't have to cast this kind of antipathy on my wife or my son.

On other occasions he would entertain, amuse or frighten me with tales of the Penitentes. Stories of skills and corpses. Magic tales. Mystic tales. A woman that one day told her companion, "That is my husband. I recognize him by the pants I made for him." And when said Penitente passed in front of her he lifted the head cover and the good woman saw a skull, and naturally, fainted. A brother they crucified up in the mountain and died and didn't live any more.

One day one of those fat guys brought charges against Simón. He accused him of stealing a cow. The whole Brotherhood contributed money and did not come up short. My father did his part too. The case came to court. Carlos Manzanares

defended him. There was no one like Carlos. He won. We all won. Innocent in the first degree, and in the last one too.

But, Simón, that jerky of yours was the best there was. Deer meat, naturally.

I don't know what ever happened to you, Simón. Life has flowed on, and everything has changed. I want you to know that I respect you and remember you with all my affection.

And you, my friends, my readers, if you ever meet a Penitente, treat him with respect and affection. The guy is worth a lot. Without him, you and I might be worth somewhat less. So long.